若山牧水

Wakayama Bokusui

見尾久美恵

コレクション日本歌人選038
Collected Works of Japanese Poets

笠間書院

『若山牧水』——目次

凡例

一、本書には、明治・大正期を生きた若山牧水の歌五十首を載せた。

一、本書は、個々の作品の解釈を通じて歌集の主題が明らかになるよう努め、作品の流れを通して牧水の生きた軌跡をたどるようにした。

一、本書は、次の項目からなる。「作品本文」「出典」「口語訳」「鑑賞」「脚注」「略歴」「略年譜」「筆者解説」「読書案内」「付録エッセイ」。

一、テキスト本文は、主として増進会出版社発行『若山牧水全集』に拠り、適宜ふりがなをつけて読みやすくした。

一、鑑賞は、一首につき見開き二ページを当てた。

若山牧水

01

真昼日《まひるび》のひかりのなかに燃えさかる炎《ほのほ》か哀《かな》しわが若さ燃ゆ

【出典】『別離』

真昼の日射しの強い光の中に燃えさかっている、あれは陽炎《かげろう》か、それとも炎か。なんとも哀しいことに炎であるよ。私の若さが燃えているのである。

牧水の処女歌集『海の声』*の巻頭二首目の歌である。一首目には、

われ歌をうたへりけふも故《ゆゑ》わかぬかなしみどもにうち追はれつつ

という歌がおかれている。青春時代とは、わけもわからないたくさんの哀しみに追いたてられながら生きているものだ。それだからこそ、歌をうたわずにはいられない。歌に対する姿勢と、流れるように美しい調《しら》べとは、牧水短歌の終生変わらぬ特色となる。この「真昼日《まひるび》の」の歌は、自らの熱くも傷つ

【語釈】○真昼日―真昼の日射し。○ひかりのなかに―『海の声』では「ひかり青きに」であったが、第三歌集『別離』掲載時に改訂された。

*海の声―明治四十一年、生命社（牧水自身の下宿）か

きやすい魂を凝視《ぎょうし》する歌で、これも牧水短歌の基本的な姿勢といえる。大学卒業と同時に出版した処女歌集の冒頭にこれらの歌をおくことは、歌人として生きていくことの決意の表明でもあったろう。

一日のうちでも最も強烈な真昼の日射し、その中で激しく燃えさかる炎を描き、熱く鮮烈《せんれつ》なイメージを喚起《かんき》する。それを、四句目では「炎か」「哀し」と二度も鋭く詠嘆《えいたん》する。*どうしようもなく熱く、心の痛みをともなうもの。末句において、それが自らの燃える若さであるという。歌人の熱く傷つきやすい若き魂を、鋭いことばを用いて鮮やかに描きだした歌だ。理性では抑制のできない情熱という炎。それを冷静に観察するもう一人の自分。この青年期特有の精神の傾向が、一首に力強さとバランス感覚を与えている。

『海の声』巻頭のこの二首には、共通して「かなし」ということばが使われている。牧水には「かなし」ということばを、やや安易に使う傾向もあるが、ここでは若さゆえの哀しみがにじみでている。また、牧水の歌には、光の中に際立つ自然や生命をうたったものが多くみられる。浪漫的な感傷性や光への志向性といった面でも、牧水短歌の特徴がうかがえる一首である。

ら自費出版。

＊鋭く詠嘆する―「炎か」の「カ」と「哀し」の「カ」の音が畳みかけるように連続して強いリズムを生んでいる。

02

朝地震《なゐ》す空はかすかに嵐して一山《いちざん》白きやまざくらばな

【出典】『別離』

朝、地が揺れた。空にはかすかに嵐の風が吹いている。そんな中、一山を白くおおって咲く山桜の花よ。

明治三十九年（一九〇六）四月発表、牧水二十二歳の作。『別離』*では、上巻巻頭の「山桜」が詠《よ》まれた歌十首の中におかれており、単独で味わうことも、連作として味わうこともできる。

ある春の朝、地震があった。それも天と地がひっくり返るようなものではなく、ごく緩やかな地異《ちい》。その地震が空の変化をもたらし、嵐が起ころうとする気配《けはい》だ。嵐が起これば桜は散る。地震のあとと嵐の前という緊張感の

【語釈】○地震《なゐ》―文字通り、地震のこと。「地震《なゐ》す」という動詞化は、「嵐す」とともに牧水の造語と思われる。○やまざくらばな―山野に自生する山桜の花。淡紅色の花と葉を同時につける。現在多くみられる園芸品種のソメイヨシノとは異

中、山桜が一つの山全体を白く染めて咲いている。

のちに牧水は、この歌を、漸《ようや》く歌を作り始めたころの*題詠風《だいえいふう》の幼いものと*追想した。確かに、嵐に散る山桜が山全体を白く染める光景は、*古典和歌にも通じる。山桜はソメイヨシノに比べて紅《あか》みを帯びるが、遠景《えんけい》に見れば白く映る。満開の桜が山一面を白くおおっている光景なら、現在の私たちの目にも鮮やかに浮かぶ。牧水の歌が新鮮なのは、地震という地異から嵐という天変を予感することの繊細さとスケールの大きさであり、そのような天地の生きた動きの合間に、山全体を白く染めて静まる山桜を描いた幻想性である。末句は、『海の声』では「山ざくらかな」であったが、『*別離』で「やまざくらばな」と改訂《かいてい》された。「はな」ということばで*体言止めにすることで、やがて散る花の一瞬の輝きが強調されている。

この歌を連作としてみると、「山越えて空わたりゆく遠鳴《とほなり》の風ある日なりやまざくら花」と「行きつくせば浪青やかにうねりゐぬ山ざくらなど咲きそめし町」の間にある点がおもしろい。牧水の自在な視点は、風になることも、海まで駆《か》けることもできる。これら連作の山桜は牧水の故郷*尾鈴《おすず》山のもの。天地とともに描きだされる桜の雄姿《ゆうし》である。

なる。

＊別離―明治四十三年、東雲堂発行の第三歌集。

＊題詠―「立春」「故郷花」など、特定の歌題を与えられて詠む歌。古典和歌でよく行われた。

＊追想した―大正六年、天弦堂書房発行『和歌講話』所収「私の歌の出来た時」。

＊古典和歌―『新古今集』に、「み吉野の高嶺《たかね》の桜散りにけり嵐も白き春のあけぼの」（春下・後鳥羽院《ごとばいん》）などといった歌がみえる。

＊体言止め―末句を体言で終わらせること。

＊尾鈴山―宮崎県中部の山。牧水の生家が北麓にある。

03

うらこひしさやかに恋とならぬまに別れて遠きさまざまの人

【出典】『別離』

なんとなく恋しく思われることよ。はっきりと恋にならないまま、出会って別れて、遠く隔たっていったさまざまな人が。

明治四十年（一九〇七）一月発表、牧水二十三歳の作。出会いはしたけれども、はっきりと恋にならないままに別れていった人たち。そんな人たちがなんとなく恋しい。くっきりとした像を結ばなかったがゆえに、さわやかな印象が残り、遠く隔《へだ》たったからこそ恋しく思われる。

時間には、印象の記憶にフィルターをかける働きがあるのかもしれない。

若き日、異性に対してあこがれにも似た一途《いちず》な思いをもち、記憶の中にその

【語釈】○うらこひし―「うら」は「心」と書く。心の内奥《ないおう》に忍ばれてあるものを指す場合に使われる。なんとなくという意味でも使われる。ほかに「うら悲し」「うら寂し」など。『海の声』での表記は「うら恋し」。

人の美しい面影《おもかげ》が残る。現実の姿よりも記憶の像のほうが鮮やかに結ばれる。山の姿が最も美しく見える距離があるように、過ぎ去った人を最も鮮明に思い出す時がある。近すぎず離れすぎてもいない、忘却《ぼうきゃく》という風化作用の中から、掬《すく》いとられたような時点。時の流れの中から去っていった人が浮かびあがり、浮かびあがっては、また時の流れの中に去っていく。この歌には、そのような淡い記憶を呼び起こす作用がある。

こんな気持ちを経験したことがないだろうか。この人は今までどんな人と出会い、どんな人と恋をし、どんな別れを経験したのだろうかと想像したくなるような気持ち。「さまざまの人」との出会いと別れを経験して、今ここにいる。そういったことをも思わせる一首である。

この歌を詠《よ》んだ時、牧水は日高《ひだか》秀子*（ひで）という女性に思いをよせていた。お互いの下宿を訪ねたり、文学や人生について語り合う仲だったが、それ以上には発展しなかった。ひではこの年の十月に東京を去り、翌月二十二歳の若さで急死した。ひでとの出会いと別れを予感させる一首であった。

*日高秀子—宮崎県生まれ。当時、日本女子大学の学生であった。日高家は旧家で、紀国屋《きのくにや》と号した廻船《かいせん》問屋を経営していた。富裕を極めており、牧水とは家柄が違いすぎた。

04

吾木香《われもかう》すすきかるかや秋くさのさびしききはみ君におくらむ

【出典】『別離』

吾木香《われもこう》の花や薄《すすき》や刈萱《かるかや》など、さびしい秋草の中でも最もさびしい、そういう一番さびしい草花を集めてあなたに贈りましょう。

秋の最高にさびしい感じの草花を選び、恋しい人への贈り物にすることで、切ない胸の内をみせる。吾木香は決して目立つ花ではないが、牧水*はのちに「おもひのほかにつややか」と記す。薄も刈萱もさびしげな草花だが、薄は「そのときどきに見て見飽かぬ」、刈萱は「あたたかみの感ぜらるゝ花」で「野辺のひなたの花」と言う。こうしてうたわれる草花の名前や姿の一つ一つが、そのまま作者の心のイメージとして読者の心の中にしみこんでい

【語釈】○吾木香《われもかう》―「吾亦紅」とも書く。枝分かれした茎の先端に臙脂《えんじ》色の小さい玉のような花をつける。○すすき―秋の七草の一つ。○かるかや―薄《すすき》のような穂を持つが、褐色で硬い感じ。草丈《くさたけ》は薄の半分くらい。○きはみ―極み。極

き、こんな形の愛の告白があるのだということを我々は実感する。

この歌の魅力の一つは音韻にある。初句「われもこう」は柔らかく丸みのある音の連続。二句目以降はサ行とカ行の音が約半分を占める。i母音が多いのも特徴。中でも、「すすき」「あきくさ」「さびしき」「きはみ」「きみ」と各句にわたる「き」の鋭さ。肌を刺すような切なさがある。二句目の「すすき」「かるかや」と、四句目の「さびしき」「きはみ」は、句の中で切断されている。そして最後は「きみにおくらむ」と、明るく優《やさ》しい音を響かせて締めくくられる。このような音韻構造がたぐいまれな美しい旋律《せんりつ》を奏《かな》で、作者の心の内容と不可分の関係を作っている。声に出して読めば、歌はうたわれてこそのものという単純な事実に改めて気づく。

この歌は明治四十三年四月に刊行された『別離』に載る。『別離』は、『海の声』『独り歌へる』*につづく第三歌集だが、内容としては前の二冊の作品に、旧作・新作を加えて、総数千四百首を収めた歌集である。この歌集は、それまでと違って、詩歌集専門の東雲《しののめ》堂書店から出版された。ベストセラーとなり、牧水の名を広く知らしめた作品である。「吾木香《われもかう》」の歌は牧水が激しい恋愛を経験する以前の作といわれている。

限。

*牧水はのちに―大正十三年「秋草と虫の音」（増進会出版社『若山牧水全集』第十巻所収）。

*独り歌へる―明治四十三年、八少女会発行の第二歌集。印刷部数はわずか二百（百五十とも）部。

05

けふもまたこころの鉦《かね》をうち鳴《な》らしうち鳴しつつあくがれて行く

【出典】『海の声』『別離』

お遍路《へんろ》さんが鉦《かね》を鳴らしながら旅をするように、今日もまた、心の鉦をうち鳴らしうち鳴らしして、身も心も何かにひかれるように旅をしている。

中国地方を巡《めぐ》った時の作という詞書《ことばがき》がある歌の一首目。旅の醍醐味《だいごみ》をうたったものとして、また、心の旅の歌として現代に生きる牧水の代表歌である。「あくがる」とは、心や体が、自分の本来いるべきところを離れ、浮かれさまようこと。また、何かに誘われて心が体から離れていくこと。平安時代、月や花にあくがれた人々は月見や花見に浮かれ歩き、もの思いに苦しむ人の魂は体を抜け出しあちこちとさまよい歩いた。牧水も、精神的な求道者《ぐどうしゃ》

【語釈】○けふ（「きょう」と読む）―今日。○鉦《かね》―遍路の人たちが巡礼の時に鳴らす携帯用の鐘のこと。

として、心の鉦を鳴らしながら旅をする。その旅は「あくがれて行く」ものであり、心と体は日常や環境の束縛《そくばく》から解き放たれる。何かに駆《か》り立てられ、何かに導かれるように、一人、自然の中を歩いて行くのである。

明治四十年（一九〇七）の六月下旬、牧水は大学の夏休み、帰省の途中で岡山・広島などの中国地方を旅行した。未知の土地を行く、生まれて初めての旅らしい旅であった。この時の詳しい行程は*大悟法利雄《だいごぼうとしお》によって明らかにされている。岡山駅から鉄路で*湛井《たたい》まで行き、高梁川《たかはしがわ》渓谷を歩いてさかのぼり、高梁《たかはし》・新見《にいみ》などを経て広島県の東城《とうじょう》に出た。「けふもまた」と次項でみる「幾山河《いくやまかは》」という名高い歌は、この旅の途中、新見からさらに歩いて県境を越える峠で作られたものである。

牧水はこの旅で、旅そのものの意義を実感したようである。自然に抱《いだ》かれ、「あくがれ」という自由奔放な境地で旅することは、純粋に自身と対することにほかならないと気づいたのである。そして、自身の歌とはこうした中から生まれてくるべきものであることを内感した。のちに牧水は、「*渓をおもふ」、『*みなかみ紀行』、「*木枯紀行」など、たびたび渓谷に出かけて行くが、高梁川渓谷の旅はその契機となったのかもしれない。

*大悟法利雄―大分県生まれ。若山牧水に師事。牧水研究の第一人者。『牧水全集』（改造社）、『若山牧水伝』（短歌新聞社）、『若山牧水新研究』（短歌新聞社）、その他多数。（一八九八―一九九〇）

*湛井―現在の岡山県総社市湛井。当時の中国鉄道吉備線の終着駅。

*渓をおもふ―大正十年、アルス発行『静かなる旅をゆきつつ』所収。

*みなかみ紀行―大正十三年、マウンテン書房発行。

*木枯紀行―増進会出版社『若山牧水全集』第十巻所収。

06

幾山河《いくやまかは》越えさり行かば寂《さび》しさの終《は》てなむ国ぞ今日《けふ》も旅ゆく

【出典】『海の声』『別離』

いくつの山を越え、いくつの河を渡れば、この寂しさの果てる国にたどりつくのであろうか。私は今日も旅をつづける。

前作と同じ詞書がある三首目。牧水一生の代表作ともされるこの歌は、前作と同じく数え年二十三歳の時の旅で詠《よ》んだもの。五七調、四句切れのおおらかな調べの歌で、「幾山河越えさり行かば／寂しさの終てなむ国ぞ／今日も旅ゆく」と切って読む。

牧水は、のちにこの歌について、「人間の心には、*真実に自分が生きてゐると感じてゐる人間の心には、取り去る事の出来ない寂寥《せきれう》が棲《す》んでゐるもの

【語釈】○幾山河―「いくさんが」ではなく、「いくやまかわ」と読む。

＊人間の心には……―「自歌自釈」その五（大正十三年）（増進会出版社『若山牧水全集』第七巻所収）。

である。行けど〳〵尽きない道の様に、自分の生きてゐる限りは続き続いてゐるその寂寥にうち向《むか》うての心を詠んだものである」と書いている。心の奥底からわいてくる「寂しさ」は、どんな方法でも取り去ることができない。たった一人で、自然の中を何十キロも歩いたこの旅の体験を通して、牧水は、人間存在の孤独を直観的に悟《さと》ったのではなかろうか。そのような寂しさとともに今日も旅ゆく。旅をつづけることでこそ、寂寥《せきりよう》感や孤独感が磨かれ、心は解放されて、自然の中を自由にさまようことができるようになる。自然の中におけるこの孤独や寂寥は、後でみる「白鳥《しらとり》はかなしからずや空の青海のあをにも染まずただよふ」にも通じるものがある。これらの歌が万人の共感を得たのは、旅での体験をもとに、流離の哀《かな》しみや人間存在の寂しさが、遥かな世界への憧《あこが》れをともなって表現されているために違いない。

　この歌には、カール・ブッセ*の「山のあなた」やボードレール*の「旅」などの西洋詩、西行や芭蕉などの伝統的な寂寥感の影響が以前より指摘されている。しかし、直接的な影響というよりも、牧水自身の旅における実体験に、これらの旅の作品に対する素養が重なることで、このような普遍的な秀歌が生まれたとみられるのではなかろうか。

*カール・ブッセの「山のあなた」―「山のあなたの空遠く／「幸《さいはひ》」住むと人のいふ。／ああ、われ人と尋《と》めゆきて／涙さしぐみかへりきぬ。／山のあなたになほ遠く／「幸」住むと人のいふ。」（上田敏訳『海潮音』より）。

*ボードレールの「旅」―「ただ行かんがために行かんとする者こそ、まことの旅人なれ。心は気球の如くに軽く、身は悪運の手より逃れ得ず、いかなる故とも知らずして、常にただ行かんかな、と叫ぶ。」（永井荷風『あめりか物語』より）。この詩については、牧水自身、『旅とふる郷』（大正五年、新潮社発行）に引いている。

07

安芸《あき》の国越えて長門《ながと》にまたこえて豊《とよ》の国ゆき杜鵑《ほととぎす》聴く

【出典】『海の声』『別離』

安芸《あき》の国を越えて長門《ながと》に行き、その長門もまた越えて豊《とよ》の国に行き、その豊の国でほととぎすを聞くことである。

「一首耶馬渓《*やばけい》にて」という詞書のある歌で、前作と同じ帰省《きせい》途上の作。「安芸の国越えて長門に／またこえて豊の国ゆき／杜鵑聴く」という五七調のリズムが利いている。

明治四十年の夏休み、牧水は東京を出て、京都・中国地方を巡《めぐ》り、陸路故郷の坪谷《*つぼや》に向かった。各地を歩きながらの旅である。安芸《あき》を越えて長門《ながと》に入り、海峡をわたって豊《とよ》の国まで来れば、坪谷まではあとわずか。耶馬渓で聞

【語釈】○安芸の国—旧国名。現在の広島県西部。○長門—旧国名。現在の山口県の北西部。○豊の国—豊前《ぶぜん》と豊後《ぶんご》。現在の福岡県東部から大分県。

*耶馬渓—大分県中津市を流れる山国川《やまぐにがわ》の渓谷。名勝。

いたほととぎすの声は、長い旅路を振りかえらせ、旅路の終盤を飾るにふさわしいものだったろう。「杜鵑《ほととぎす》聴く」という一言で、渓谷《けいこく》のまぶしいばかりの青葉だけでなく、安芸、長門、豊前、豊後の風景、さらにそれらをつなぐ道々の風景まで、読者の眼前に明るく浮かぶ。牧水にとっては初めて訪れる地であり、県名でなく旧国名を使ったのも効果的であった。国を越えて旅をしてきたという旅愁と、旧国名ゆえの情趣が溢《あふ》れる。現代から見るとなおさらである。

　実際に牧水が耶馬渓に着いたのは七月九日で、その後、坪谷の家に帰ったのは七月十四日の夜。ほととぎすの鳴き声としては盛《さか》りを過ぎたものであったかもしれない。しかし、東京で学生生活を始めた牧水にとって、山陽道から九州を旅して終点に近い所で聞くほととぎすの声は、故郷が近づいた知らせとして、感慨深いものであったろう。

　牧水はほととぎすの鳴き声を「*ほったんかけたか、ほったんかけたか、けきょ、けきょ」と聞いている。現代も、「てっぺんかけたか」「特許許《とっきょきょ》可局《かきょく》」などと聞きなされているが、牧水のこの伸びやかで朗《ほが》らかな響き。ほったんかけたか！　記念すべき夏の旅が終わろうとしていた。

＊坪谷―現在の宮崎県日向市東郷町坪谷。

＊ほったんかけたか…―大正十三年、マウンテン書房発行『みなかみ紀行』所収「杜鵑を聴きに」に記されている。

08

君睡《ぬ》れば燈《ひ》の照るかぎりしづやかに夜は匂ふなりたちばなの花

【出典】『海の声』『別離』

あなたが眠ると、部屋のともしびが届くあたりだけが、静かに夜は匂うのだ。昔を思い出させ、今を充足させるようなたちばなの花の香りが。

【語釈】○睡れば―「睡《ぬ》（寝《ぬ》）」は「寝る」の意。○しづやかに―静かなさま。○たちばなの花―みかんの原種といわれる。六月ごろ、白い五弁花をつける。

明治四十年（一九〇七）十月発表の作。恋人が眠りについた夜、二人のいる場所が、ひっそりと甘い香りに満たされるという歌。ことばの使い方、つづけ方にも独特のムードがある。まず、「君睡《ぬ》れば」と、二人だけの時間の経過を示し、つづいて、「燈《ひ》の照るかぎり」と、場所を限定する。流れる時間や周囲の闇から孤立した空間。眠りについた恋人の白い身体が、ほの暗い明かりに照らしだされている。夢想《むそう》とも、現実ともつかないような夜が静かに息づく。たちばなの花の香る中、作者はロマンチックな気分にひたっている。

この歌について、*佐佐木幸綱《ゆきつな》は、*窪田空穂《くぼたうつほ》の「露《あら》はな姿を描いて、描いてある処《ところ》とはべつな唯《ただ》清らかな感じのみを与へる作である」という評価をとりあげている。場面を鮮やかに描いている歌ではあるが、エロスがさほど感じられないのは、その場面がたちばなの花の香りに包まれるからであろう。*たちばなの花は初夏に開花し、古来その白い花と匂いが詠《よ》まれてきた。とりわけ匂いは、昔の恋人の袖《そで》の香りを思い出させるものであり、過去の追憶や回想というイメージを負ってきた。この歌の場合、現実にたちばなの花が咲いているとも思えない時節に詠まれたものであり、夢想のなかの匂いととらえたい。恋人へのいとおしさやこの夜の雰囲気《ふんいき》が、濃密な想像の空間を作りだしたのであろう。

当時の牧水は、前年に出会い、この年の夏休みの帰郷の前から始まっていた園田小枝子《さえこ》との恋愛を急速に深めていた。九月に上京してすぐのことであり、熱く胸をときめかせていたころである。ロマンとエロスがきわどく交錯《こうさく》する中から、ロマンの世界に美しく掬《すく》いとられたような歌である。

*佐佐木幸綱―「時分の花としての『別離』」（昭和六十年八月号「短歌」所収、増進会出版社『若山牧水全集』第一巻再録）。

*窪田空穂―明治四十三年三月の「文章世界」でこの歌の評価をしている。

*たちばなの花―『古今集』に「五月《さつき》まつ花たちばなの香《か》をかげば昔の人の袖の香ぞする」（夏・読人しらず）という有名な歌がある。

09

白鳥《しらとり》はかなしからずや空の青海のあをにも染《そ》まずただよふ

【出典】『海の声』『別離』

白鳥《しらとり》は哀しくないのだろうか。空の青にも海の青にも染まることなく、真っ白な姿でただよっている。

明治四十年（一九〇七）に発表された牧水短歌の代表作。心の叫《さけ》びとも思わせる一・二句を、三句と四句で静かに受けとめ、最後はあてどない哀《かな》しみを響かせて止められている。白鳥の姿に青春の孤独と悲哀《ひあい》を重ねた歌として、今も多くの人々に愛誦されている歌だ。

描かれているのは、空と海の鮮やかな青を背景に、真っ白なカモメがただよう姿である。一羽か数羽か、海に浮かんでいるのか、それとも滑空《かっくう》してい

【語釈】○白鳥―初出雑誌「新生」（明治四十年十二月号）では、「はくてう」とルビがあり、「海の青そらのあを」であったものが、『海の声』では、それぞれ「しらとり」「空の青海のあを」と改作された。鳥の名前を限定しないほうが、観

るのか。そのイメージは読者に委《ゆだ》ねられるところであるが、一点の曇りもなく音もない大自然の中にあって、白鳥はその姿を際立たせている。そんな白鳥は哀しくないのか、と作者はうたう。「染まずただよふ」という白鳥の在《あ》り方に心打たれずにはおられなかったのである。それはなぜか。

白鳥の白は青に映《は》える色ではあるが、さわやかな青にも、深く豊かな青にも染まっていない。一般に白は容易に周囲の色に同化したり、ほかの色が周囲になければ無へと化してしまう。明度は高いが彩度《さいど》はなく、清浄なイメージを喚起《かんき》はするけれども、はつらつとした若さや広がりがない。しかし、白鳥の白は染まらずただよう。純粋で傷つきやすい青春を象徴する白は、ここでは孤高の象徴ともなっている。

「ただよふ」ということばは、空中や水面に浮かんで揺れ動くという意味である。自在なようであるが、飛んでいるわけでも泳いでいるわけでもない。鳥が、自然の動きにただ身をまかせて、どうするともない漠然とした状態である。このような鳥の在り方が、まさに悲哀としか言いようのない茫漠《ぼうばく》たる青春を、確かにとらえている。

念的な作品としては適切である。○かなしからずや―歌集では「哀しからずや」であるが、のちに改められた。「や」は反語を表す係助詞。○染まず―染まることなく。

10

ともすれば君口無《くちな》しになりたまふ海な眺めそ海にとられむ

【出典】『海の声』『別離』

ともすれば、あなたは口が無くなったように黙りこんでしまわれる。どうか海ばかり眺めないでください。あなたが海にとられそうで。

恋人への愛のことばを歌に託《たく》して語りかけた作品。それでいて海辺にいる若い二人の姿や表情、心情までもが見えてくる。

作者は恋人と海辺にいる。その人は、ともすると海を見つめて黙りこんでしまう。そんな時、作者は語りかける。「そんなに海ばかり眺めないでよ。君を海にとられてしまいそうで」と。この歌に並んで「君かりにかのわだつ*みに思はれて言ひよられなばいかにしたまふ」という歌がみえる。恋人の所

【語釈】○口無しになり―口がなくなる。つまり、何も言わず黙りこんでしまうこと。○海な眺めそ―海を眺めないで。

＊君かりに……―もしあなたが、あの「わだつみ」（海

作に「たまふ」ということばを用いることで、その人を大切に思い、玉のように扱っていることが伝わってくる。

明治四十一年(一九〇八)の正月、牧水二十四歳の作。『海の声』では「安房《あは》にて」という四十九首の一首。第三歌集『別離』には「女ありき、われと共に安房の渚に渡りぬ。われその傍らにありて夜も昼も断えず歌ふ。*明治四十年早春」と記し七十六首の歌を収める。牧水は年末から千葉県房総半島の先端、安房根本《あわねもと》の海岸に出かけ、十日あまりを過ごし、明治四十一年の新春を迎えた。根本は風光明媚《ふうこうめいび》にして暖かく、この時も菜《な》の花が咲いていたほど。牧水のそばには『別離』のヒロイン、園田小枝子がいた。二人の出会いは一昨年の夏。今の年齢で言えば二十一歳、大学生であった牧水が文学者として身を立てようと決心したころである。『海の声』から『別離』に至るまで、夢多き牧水の小枝子に寄せる純粋な愛情が、甘美な調べに乗せてうたわれる。『海の声』というタイトルも、*ここで詠《よ》んだ歌に由来する。『別離』では「白鳥《しらとり》は」の歌もこの地の作として編集されている。

*ああ接吻《くちづけ》海そのままに日は行かず鳥翔《ま》ひながら死《う》せ果てよいま

この時の牧水は彼女から片時も離れず、ただ彼女のためにうたうのだった。

の神)に思いを寄せられて言い寄られたなら、どうなさるつもりなのですか。

*明治四十年―「明治四十年早春」は事実と異なる。牧水の編集の意図によるものと考えられる。大正六年、天弦堂書房発行の『和歌講話』の中で、この時の歌について、「作つた時が春でなかつたにせよ、私には此等の歌を読み返す時には必ず「春」といふ感じが伴ふ」とも記している。

*ここで詠んだ歌―「海の声そらにまよへり春の日のその声のなかに白鳥の浮く」。

*ああ接吻……―ああ、あなたとのキスの時。この瞬間、海は動きを止め、太陽も止まる。鳥よ、お前もはばたきながら死んでしまえよ、今。

11

とこしへに解《と》けぬひとつの不可思議《ふかしぎ》の生きてうごくと自《みづか》らをおもふ

【出典】『独り歌へる』『別離』

永遠に解けない一つの不可思議なる存在が、この世に生きて動いているのだと、自分自身についてつくづく思うことだ。

四句目までで、永遠に解くことのできない不可思議な存在が生きて動いているると言う。最後に、自分のことをそのように思っているのだと言う。この不可思議とは、永遠の自然の歴史の中でうごめく小さな人間の存在だろうか。

牧水の自然観は、青春時代から愛読していた『武蔵野《むさしの》』『独歩集《どっぽしゅう》』など、*国木田独歩《くにきだどっぽ》の作品や思想の影響を受けている。牧水は、実際に武蔵野を歩き、その魅力にとりつかれた。また、文章や書簡*の端々《はしばし》に独歩について述

【語釈】○とこしへ―永遠。永久。

*国木田独歩―詩人・小説家。自然主義文学の先駆となる。(一八七一―一九〇八)

*書簡―明治四十年八月二十五日付け、百渓禄郎太宛て書簡や明治四十二年五月二

べ、「*我が歌は宇宙に存在する我を知悉《ちしつ》せむとする努力なり」という認識に至る。この歌の「不可思議」も、独歩のエッセイ「*不可思議なる大自然　ワーヅワースの自然主義と余」の影響であろう。独歩が不可思議な大自然と不可思議な人生とを調和的に考えたように、牧水もまた、詠歌を通して我の存在と自然の消息を知ろうとした。『独り歌へる』の自序にある「我等は忽然《こつぜん》として無窮《むきゅう》より生れ、忽然として無窮のおくに往《い》ってしまふ」とは、牧水の自然観であり人間観の表明である。

牧水は、明治四十一年（一九〇八）六月に没した独歩を哀傷《あいしょう》し、『別離』に「三首独歩氏を悼《いた》む」という詞書の歌を載《の》せている。その一首目におかれた次の歌は、敬愛する独歩に、自らの自然観を託して詠《よ》んだものといえよう。

いづくよりいづくへ行くや大空《おほぞら》の白雲《しらくも》のごと逝《い》きし君はも

宇宙の果てしない時間と空間の中にちっぽけな地球があり、その上に人類がいて、人類の長い歴史の中に自分という一つの生命が生きて動いている。忽然《こつぜん》として生まれたよるべのない存在が、いつかまた忽然として無限永遠の死の途に旅立つ。こんな不可思議な自分を絶えず思い、深く追求するものの一人として、牧水は独歩を継承していこうとしたのであろう。

十二日付け、石井貞子宛て書簡。

*我が歌は……明治四十五年、文華堂書房発行『牧水歌話』所収「雨夜座談」。

*不可思議なる大自然―明治四十一年二月『早稲田文学』第二十七号。

12

はたた神《がみ》遠鳴りひびき雨降らぬ赤きゆふべをひとり酒《さけ》煮《に》る

【出典】『独り歌へる』『別離』

激しい雷が遠くから鳴り響き、雨の降らないどんより曇った空は赤く焼けている。そんな中を私は一人、酒を煮て過ごすことだ。

牧水は、明治三十七年に上京してまもなく尾上柴舟《おのえさいしゅう》に師事し、明治四十年には前田夕暮《ゆうぐれ》の白日社《はくじつしゃ》の一員になるなど、自然主義*に傾倒《けいとう》していった。また、田山花袋《かたい》や国木田独歩《くにきだどっぽ》の熱烈なファンでもあり、特に人生や自然に対する態度は独歩から学ぶことが多かった。しかし、歌そのものはむしろ抒情的あるいは情緒的なものが多かった。その抒情性や情緒性が、牧水の歌に潤《うるお》いを与えていた。しかし、この「はたた神」の歌は、めずらしく自然主義の特

【語釈】○はたた神―激しい雷。○酒煮る―酒を適温に温めること。

＊自然主義―小説における自然主義思潮は、短歌の世界にも影響を与え、浪漫主義中心の歌壇に大きな転換をもたらした。明治四十一年

徴である自己凝視の傾向が強くうかがえる。
　季節は晩夏。雨は降っていないのに激しい雷《かみなり》が遠くから鳴り響く。どんよりと曇った空は夕日に赤く焼けている。叙景《じょけい》であるが、夕暮れ時に不穏《ふおん》な空気とけだるい気分がただよう。そんな中、作者は一人で酒の燗《かん》をつけている。「赤きゆふべをひとり酒煮る」の助詞「を」は、「*長々し夜をひとりかも寝む」のように動作が持続する時間を示す。時間の経過とともに行き場のない思いが沸《わ》きあがり、煮詰まってくる。激しく響く雷は雄々《おお》しく荒々しい自然の、酒を煮ながら悩む自分は、ちっぽけな人間の象徴であろう。このように酒を煮る行為を雄々しき自然との対比でうたった例はほかにもある。

　　いと遠き風もまじりつ戸外《とのも》なる落葉聞えてわが酒ぞ煮ゆ

　　酒煮ると枯枝《かれえ》ひろふに落葉鳴る落葉*鳴りそね山は恐《おそろ》し

　いずれも、第九歌集『朝の歌』（大正五年）に掲載されている歌。「いと遠き」の歌は「はたた神」の歌とよく似た構造をもっている。「酒煮ると」の歌は、酒を持って秋の山に入った時の一首。枯れ枝を集める時の足音が山を起こさないようにと、自然への畏敬《いけい》をうたう。自然と人間を対比して自己凝視をすることは、自然主義歌人としての命題でもあったのだろう。

に雑誌「明星」は廃刊になり、短歌もはじめて実生活や人生をとらえるようになった。そうした新風の芽生えと言えるのが尾上柴舟（一八七六―一九五七）の活動であり、その門下にいたのが牧水と前田夕暮（一八八三―一九五一）である。

＊長々し夜を…―「あしびきの山鳥の尾のしだり尾の長々し夜をひとりかも寝む」（柿本人麻呂）。

＊落葉鳴りそね―落葉よ、鳴らないでくださいね。

13

山奥にひとり獣《けもの》の死ぬるよりさびしからずや恋の終りは

【出典】『別離』

山奥で野生の獣が独りで死ぬよりもさびしいことではないか。恋が終わっていく時のこの思いは。

明治四十二年（一九〇九）五月発表の作。同じ時期に、ほかにもこの歌と同じ「恋の終り」という言葉を詠《よ》みこんだ歌がみえる。

憫《あは》れまれあはれむといふあさましき恋の終りに近づきしかな
せめてたゞ恋に終りの無くもがなよりどころなきこのあめつちに

この一首目については、牧水自ら「恨み、憎み、憤りしてゐた時のちからも失せて、今はお互ひが事につけて常に憐憫《れんびん》の情を以《もつ》て対するやうになつた

【語釈】○さびしからずや――さびしくないことがあろうか。いや、本当にさびしいものだ。○恋の終りは――『独り歌へる』では「恋終りゆく」。

*恨み、憎み……――「自歌自釈」（明治四十五年、文華堂書

といふ強い恋の終りがたのあはれさを自ら嘲《あざけ》り憐《あは》れんだ一首である」と解釈している。激しく情熱をぶつけ合ったのに、今では互いに憐れみ合うまでになった二人。みじめな終わりの到来《とうらい》。二首目では、何のよりどころもないようなこの世に、せめて恋に終わりというものがなかったならと願う。強い恋であるほど、感情が色あせた果ては悲惨*なものとなる。

「山奥に」の歌では、そんな悲惨さがより概念化されている。牧水自身は「失敗の作*」と言うが、人間の弱さを言い当てている。同じ時期に、

　林*なる鳥と鳥とのわかれよりいやはかなくも無事《ぶじ》なりしかな

　けだものはその死処《しにどころ》とこしへにひとに見せずと聞きつたへけり

という歌がある。動物の非情な別れや孤高な死に比べると、人間はそのようにきっぱり終わることなどできはしない。希望を失い、人生の敗者となっても、牧水は生きつづけなければならない。

やがて園田小枝子との関係に終止符が打たれるのを予見したかのようにも思えるが、二人の関係はなおもつづく。牧水は泥沼の中を突き進んでいく。本当の終末が訪れるのは、この二年後である。

房発行『牧水歌話』所収)。

＊悲惨なものとなる―明治四十二年三月三日付けの石井貞子宛ての書簡に「恋の最後、何といふあさましい悲惨な事実でせう、(中略)あゝこの終り、この別れ、何と言つて弔《とむ》らつたらいゝのでせう」とある。

＊失敗の作―前掲「自歌自釈」による。

＊林なる…―同じく「自歌自釈」に「なんのことだ、と放心したやうな境地の歌。樹木の梢で一声二声啼き交はしてちりぢりに分れてゆく鳥の群は、もうそれきりで永劫《えいごふ》逢ふことも無げに私には見えた。それを比喩に持つて来たのである。その鳥の啼声の印象がこの一首に在れば幸《さいはひ》である」とある。

14

春白昼《はるまひる》ここの港に寄りもせず岬《みさき》を過ぎて行く船のあり

【出典】『別離』

―春の真昼、ここの港に立ち寄りもしないで、岬を過ぎ、遠ざかっていく一艘《そう》の船が見える。―

明治四十三年（一九一〇）一月、相模・伊豆地方を旅行した時の作。『別離』の最後を飾る歌である。前年のちょうどこのころ、牧水は園田小枝子とともに根本海岸に遊び、熱い想いを歌に託して詠《よ》んだ。『別離』にはその時の歌も七十六首掲載されており、次の歌がその最後におかれている。

春の海さして船行く山かげの名もなき港昼の鐘鳴る

『別離』の中に、同じ春の真昼の海を行く船を詠みながら、海に向かって

【補説】この「春白昼《はるまひる》」の歌は、短歌雑誌「アララギ」誌上で、斎藤茂吉や伊藤左千夫をはじめとする当代を代表する歌人達にさまざまに批評されたことでも有名である。掲載された「アララギ」は、明治四十三年六月発行の第三巻第五号。

いく船と、岬を通り過ぎていく船の二様の歌があることは注目に値する。「春の海」の歌に描かれたのは、洋々とした海を行く船の姿であり、それに色を添《そ》えるかのように正午《しょうご》を告げる鐘が鳴る調和的な情景である。しかし、「春白昼《はるまひる》」の歌では、この調和を崩すかのような詠み方がなされる。「名もなき港」は「ここの港」に言い変えられ、「ここの港に立ち寄りもせず」と否定的に表現される。その結果、作者のいる「ここの港」と、岬を通り過ぎていく船とが引き離される。船は作者の側から働きかけることができない場所にあり、沈黙し静観することしかできないある種の虚無的な雰囲気《ふんいき》をも作りだしている。しかし、この否定表現は、あえてそうすることで、自ら決別をはかろうとしているものでもある。

牧水は、根本海岸での歌の否定で『別離』を締めくくらなければならなかった。『別離』という命名が「昨日までの自己に潔く別れ去らうとすること*に外なら」なかったように、小枝子との思い出を塗り替えなければならなかった。この決別は、愛惜《あいせき》や執着の裏返しにほかならず、一首には言いようのない孤独と寂寥《せきりょう》がにじみでるものとなった。

*昨日までの……『別離』「自序」。

15

海底《うなぞこ》に眼《め》のなき魚《うを》の棲《す》むといふ眼の無《な》き魚の恋しかりけり

【出典】『路上』

光の届かない海底の暗黒の世界に眼のない魚が棲《す》んでいるという。今の私には、そうした眼のない魚が恋しく思われてならない。

明治四十四年（一九一一）九月に刊行された第四歌集『路上』*の巻頭歌であり、『路上』の境地《きょうち》を代表するような一首。明治四十三年の初めのころの作で、この時牧水は二十六歳。名声があがるとともに躍動《やくどう》する歌ができてもよいのではないかと思うが、彼の場合はかならずしもそうではない。

一〇〇〇メートル以上の深海は光がまったく届かない暗闇であり、眼が退化した魚が生息しているという。そんな話を思い出し、そんな魚が恋しくな

【語釈】○眼のなき―『独り歌へる』と『別離』の中にも、「角《つの》もなく眼なき数《す》十の黒牛《くろうし》にまじりて行かばややなぐさまむ」、「耳もなく目なく口なく手足無きあやしきものとなりはてにけり」という歌がみえる。明治四十二年の二月と三月の

る。海底なら誰もみていないし、眼のない魚なら何もみることもない。目先の姿に惑わされて泣くこともない。心で物をみて、心の感じるままに生きているのだろう。

　出会い、別れ、就職、離職などを通じて、さまざまな苦悩を味わい、このころの牧水は心身ともに疲れていた。彼は、闇をただよう憐《あわ》れで怪《あや》しい生き物に心を寄せ、自らも深海魚のように生きてみたいことだと願ったのである。

　当時、牧水と園田小枝子との関係は深刻な事態になっていた。明治四十二年、小枝子が妊娠し、それが本当に自分の子供なのかどうかという疑いが牧水の心をさいなんでいた。小枝子と一緒に住んでいた彼女の従弟《いとこ》との関係を疑わざるを得なかった。その年の十二月には、社内のごたごたから、七月に入ったばかりの中央新聞社*を辞めてしまう。小枝子が子供を産んだのは四十三年の五月ごろ。その子の養育問題も起こった。お互いに未練があり、泥沼の中をもがきながらも、未だ離れることができないでいた。歌人としての名声と人生の泥沼とが交錯《こうさく》する中、牧水はこのような歌を詠《よ》まずにはいられなかったのだろう。

書簡にも、このような内容の文面がみられる。さらに、明治四十三年五月八日付け、西村辰五郎に宛てた書簡には、「僕の眼にうつる全てのものは大方真つ暗だ、時々、僕といふものが、あらゆるものに離れて、たつた一つ、手もなく足もなく、真つくらくして存在してゐるのだとおもふと、五体の骨が身ぶるひする、寂しいぢアないか、僕の心はいまどつこにも寄りつく所がない」と書かれている。

*路上—明治四十四年、博信堂書店発行。

*中央新聞社—明治二十四年から昭和十五年まで東京にあった新聞社。

16

おもひやるかのうす青き峡《かひ》のおくにわれのうまれし朝のさびしさ

【出典】『路上』

思いを馳《は》せてみる。あの薄青い峡谷《きょうこく》のさらに奥へと。そこには、私が生まれたあの夏の朝のさびしさが宿っているのだ。

【語釈】○峡—山と山の間。

明治四十三年(一九一〇)、二十六歳の作。東京から遥《はる》か故郷の峡谷の奥地にまで思いを馳《は》せ、さらに時間も振り返りながら、そこに自分が生まれついた朝のさびしさがあるのだといっている。この年、牧水は第三歌集『別離』を出版して一躍《いちやく》脚光を浴びた。そうした時期に、なぜ彼は自己の原点へと回帰《かいき》しようとしたのであろうか。

牧水は明治十八年(一八八五)八月二十四日の早朝、現在の宮崎県日向市東郷

町坪谷《つぼや》に生まれた。坪*谷村は山と山に挟《はさ》まれた細長い峡谷で、ことに南は尾鈴山が険しい断崖面を見せて聳《そび》えていたため、一層峡谷らしい感じを与えていた。牧水は家の縁側で、ことんと音をさせて生まれてきたという。中学校に行くようになって、よくその縁側に寝ころびながら、自分の生まれた時のことなどを想像していた。

「かのうす青き峡のおく」には、朝靄《あさもや》のかかった薄青い峡谷をたどって秘境の地に入っていく感がある。そこには牧水の生まれた坪谷村の朝のさびしさがやどる。ここに生まれついたことの不可思議、故郷坪谷の、夏の朝のさびしさそのままに生まれついたことの不可思議を、牧水は思わずにはいられない。歌人としての自我《じが》が芽生えた時から、成功した現在に至るまで、「自分とは何か」ということを常に考えていたのである。

成功を収めた牧水は、それと同時に抜け道のない恋愛問題に苦しんでいた。園田小枝子との恋愛である。彼女自身数奇《すうき》な人生をたどったのち、牧水と出会った。牧水を夢中にさせつつも、決して成就《じょうじゅ》することのない恋愛。こうした苦しみがまた、峡谷の、さらに奥地の、夏の朝のさびしさそのままに運命づけられた自身の存在というものを考えさせるのであろう。

＊坪谷村は……――大正八年、春陽堂発行『比叡と熊野』所収の「おもひでの記」による。

17

かたはらに秋ぐさの花かたるらくほろびしものはなつかしきかな

【出典】『路上』

草に寝ころんでいる私のそばで、秋草の花のことばを聞く思いがする。その秋草の花が語ることには、「ほろんだものはなつかしいね」ということだった。

この歌は、*島崎藤村《とうそん》の「*小諸《こもろ》なる古城のほとり」の詩碑のある*懐古園《かいこえん》内の城址《しろあと》の石垣に刻まれ、歌碑《かひ》となっている。明治四十三年（一九一〇）秋、*信州小諸での作。『路上』では「白玉《しらたま》の」の歌と並ぶ。このころの牧水は、東京での生活や小枝子との不毛な恋愛、乱酒で心身ともに衰弱していた。その療養のため、小諸の田村医院に滞在し、近くの山野に出かけることも多かった。

胡桃《くるみ》とりつかれて草に寝てあれば赤とんぼ等《ら》が来てものをいふ

【語釈】○かたるらく―語ることには。○ほろびしもの―滅び去った城という説と、小枝子との恋愛を指しているという説がある。小諸には牧野氏一万五千石の居城があったが、いちはやく廃城に帰した。芭蕉の「夏草やつはものど

かなしみに驕《おご》りおごりてつかれ来《き》ぬ秋草《あきくさ》のなかに身を投ぐるかな

といった歌が示すように、牧水は野辺に寝ころがって、心の傷を癒《いや》していた。そこに、何やら可憐《かれん》な花が咲いていて、語りかけてくる。あたかも「ほろんでしまったものはなつかしい」と言うかのように。

牧水にとって「ほろびしもの」とは、小枝子との過去であろう。かつて牧水は彼女との恋愛をつづり、青春絵巻のような歌集『別離』を残した。しかし、純粋に彼女を見つめた自分も、彼女をうたうことに全身全霊を傾けた自分も今はもうない。同じく小諸での作。

秋くさのはなよりもなほおとろへしわれのいのちのなつかしきかな

汝《な》が弾《ひ》ける糸のしらべにさそはれてひたおもふなり小枝子がことを

彼女との恋愛が終わったわけではない。衰え滅びたのは、あのころの二人なのである。

牧水は土や草の匂いに悠久《ゆうきゅう》な自然を感じたのだろうか。廃墟と化した地に人の世の無常を見たのだろうか。牧水が小枝子との過去を振り返りながら詠《よ》んだこの歌は、あたかも普遍的な滅びと懐古《かいこ》を詠んでいるかのようにも思える。そのような言葉の普遍性を、彼はどれほど意識していたのだろうか。

もが夢の跡」との関係も指摘されている。

*島崎藤村―詩人・作家。詩集『若菜集』、小説『破戒』『夜明け前』など。（一八七二―一九四三）

*小諸なる古城のほとり―詩集『落梅集』所収。

*懐古園―小諸城址の公園。

*信州小諸での作―「九月初めより十一月半ばまで信濃国浅間山の麓に遊べり、歌九十六首。」という詞書がある。以下20の歌まで。

18

白玉《しらたま》の歯にしみとほる秋の夜《よ》の酒はしづかに飲むべかりけり

【出典】『樹木とその葉』

白玉のような美しい歯に深くしみ入る酒。こんなに冷たく清らかな秋の夜の酒は、独り静かに飲んでこそのものである。

牧水は生涯のうち三百首に余る酒の歌を詠《よ》んだが、その代表作がこの歌であろう。前作と同じく、小諸《こもろ》の病院で養生していた時の歌。「白玉《しらたま》」は真珠のように白くて美しいものの形容。そのような白い歯にしみとおる酒。冴《さ》えわたる秋の夜の冷気がしみた体《からだ》に、酒がゆっくりと流れ落ちていき、酔いが全身へとしみわたる。こんな秋の夜の酒は独り静かに味わうに限る。酒を見つめ、味わい、酒と対話し、酒を通しておのれの影を見つめた歌だ。

【語釈】○白玉の―枕詞のように「歯」にかかる。○しみとほる―「白玉の歯に」を受け、さらに掛詞のように「秋の夜の酒」にかかっていく。○飲むべかりけり―『路上』では「飲むべかりけれ」。「こそ」を省略した係り結びの用法での「飲

旅に出た牧水は、心の傷をいやされたのであろうか。あるいは、おのれを見つめる手がかりを酒に求めたのであろうか。酒について、後年牧水は、口で味わう「うまさ」と心で嚙《か》みしめる「味《あじは》ひ」をもっていると言う。味覚を与えるだけでなく「心の栄養」となり、「*乾いてゐた心はうるほひ、弱つてゐた心は蘇《よみがへ》り、散らばつてゐた心は次第に一つに纏《まと》つて来る」。このような境地《きょうち》は、閑居《かんきょ》して自《みずか》らの影を相手に酒を飲み詩を書いたという*陶淵明《とうえんめい》の「飲酒二十首」にも通じるものがある。

牧水は少年のころから父の酒の相手をさせられ、「酒仙」「酒聖」と称されるほど酒を愛した。この歌を詠んだころの牧水は、恋愛の苦悩を忘れるために日夜酒浸《さけびた》りの生活をつづけ、その結果、身も心もやつれ果てていた。その静養も兼ねた旅であった。この旅に出る前は、

*酒樽《さかだる》をかかへて耳のほとりにて音をさせつつをどるあはれさ

と詠み、酒飲みのあわれな自分の姿を自虐《じぎゃく》的にとらえた牧水であったが、さすらいの旅の中、おのれの影と向き合えるような酒の飲み方を知る。こんな酒なら飲んでみたいと読者をうならせるほどの清澄《せいちょう》さ。この境地と調《しら》べの流麗さに惹《ひ》きつけられ、我々も陶然として酔いしれることができるのである。

むべかりけれ」であった。のちに、このような強調の形を改めて、「飲むべかりけり」にした。

*乾いてゐた心は……―「酒の讃と苦笑」（大正十四年、改造社発行『樹木とその葉』所収）。

*陶淵明―六朝時代の東晋の詩人。代表作に「帰去来辞」「五柳先生伝」「桃花源記」など。（三六五―四二七）

*酒樽をかかへて……―酒樽を抱え、耳のそばで、その酒の音をさせては、躍り上がって喜んでいる。そんな自分のなんとあわれなことよ。

19

渓《たに》あひのみちはかなしく白樺の白き木立《こだち》にきはまりにけり

【出典】『旅とふる郷』

人気《ひとけ》のない谷間の道がつづいている。その道をたどっていくと白樺の白い木立に突き当たり、道はかなしくも途《と》絶《だ》えてしまった。かなしみはここに極まるかのようだ。

これも前作と同じく、信州に旅をした時に詠《よ》んだ歌。『路上』では二句目は「路《みち》はほそぼそ」だが、『旅とふる郷』*を出版する際に改変したようだ。この『旅とふる郷』の中に、浅間山の白樺《しらかば》について「金属性のやうな固い細かな枝を張つてゐる」とある。そのような白樺の木立《こだち》へつづく道のイメージを、「ほそぼそ」から「かなしく」にすることで、「かなしく…きはまりにけり」と末句にかけて、硬質な響きの「カ行音」と、鋭い摩擦音の「シ音」と

【語釈】○渓あひ―谷間《たにあい》で谷《たに》間《ま》のこと。○きはまる―尽きる。終わりになる。

＊旅とふる郷―大正五年、新潮社発行の散文集。

が交互に連続する。その響きに、胸をしめつけられるようにとぼとぼと細道をたどる作者の感覚がこめられ、眼前の実景を超《こ》えた切実な境地が詠出《えいしゅつ》される。

「白」もしくは「シ音」の連《つら》なりは、牧水が傾倒《けいとう》していた芭蕉《ばしょう》*の「明ぼのや白魚白きこと一寸《しらうをいっすん》」（『野晒紀行《のざらしきこう》』*）や「石山《いしやま》の石より白し秋の風」（『奥の細道』*）などの影響であろう。前項の「白玉《しらたま》の歯にしみとほる秋の夜の酒はしづかに飲むべかりけり」という歌もこの歌と同じ時のもの。「白」色や「シ音」の響きがひやりとして清澄な半面、寂《さび》しさやわびしさといった情感までも伝わってくる歌だ。

漂泊《ひょうはく》の俳人であった芭蕉は、道祖神《どうそじん》に招かれ「旅を栖《すみか》」にと出発した。そして、白魚や秋風の中に、わびやさびの境地に通じる自然の色を超えた「白」をみいだす。一方、牧水は、園田小枝子とのかなわぬ恋に身も心も疲れ果て、雑誌「創作」*の編集も友人に譲って旅に出た。二ヶ月半に及ぶ漂泊。山中深く入っていき、道も尽きる所に忽然《こつぜん》と姿を現した白樺木立。この硬質な「白」に、自己の悲哀の極《きわ》みを実感したのである。

＊芭蕉―松尾芭蕉。江戸前期の俳人。
＊野晒紀行―芭蕉の俳諧紀行。
＊奥の細道―芭蕉の俳諧紀行。
＊創作―牧水が主宰した文芸短歌雑誌。明治四十三年（一九一〇）創刊。

20

忘却《ぼうきゃく》のかげかさびしきいちにんの人あり旅をながれ渡れる

【出典】『路上』

誰からも忘れ去られた影だろうか。さびしい一人の人がいる。その人は旅をしてあちこち転々と渡り歩いている。

同じく、信州小諸《こもろ》での歌。恋愛問題や早々の離職など混乱の中にあった牧水。東京を逃れ、旅に出てふいに気づく。「われは忘却の影か」と。この世で一人だけ、光から忘れられた影のように旅から旅へと流転《るてん》しているではないか。牧水は、自らの姿を客観的に詠《よ》みつつ、漂泊《ひょうはく》のつれなさをとらえる。光と影を交錯させた観念的なことばで、時間的に流れ去るものを表現する。世間の光から忘れられた影という認識が、単なる比喩を超《こ》えて、我々読者の心にしみ入ってくる。

この一首には、二句と四句に「かげか」と「人あり」という中断があるにも関わらず、一首の調《しら》べは崩れていない。「忘《2》却《2》の《1》／影《2》か《1》寂《2》しき《2》／一《2》人《2》の《1》／人《2》あり《2》旅《2》を《1》／流《2》れ《1》渡《2》れる《2》」という整然とした音数のリズム。初句と三句は221、二句と五句は2122という繰り返し。初句三句の221は、ともに「の」で終わって下へ向かう流れをもち、四句の2221も同じく下へ向かう流れであるが、その流れは、二句と五句で受け止められる。

初句で、疑問を含んだ詠嘆《えいたん》として漠然と放たれた「忘却のかげか」は、つづく「さびしきいちにんの人あり」で、その人のイメージであったことがわかり、さらに「旅をながれ渡れる」まで読んで、その人は旅人で、流れる時間のように旅から旅へと渡り歩いていることが明らかになる。影という部分を見ていた視点を後退させ、旅人の全体像を映し出すが、その視点がまた部分である「忘却の影か」という詠嘆に帰ってくるのである。

このように、この歌では、音数のリズムや映像的な構造が内部で完結し、循環している。それは、世界の動きから取り残された旅人の境地《きょうち》にほかならない。漂泊のつれなさが心にしみ入るのはそのためであろう。

21

多摩川《たまがは》の砂にたんぽぽ咲くころはわれにもおもふ人のあれかし

【出典】『路上』

この多摩川の川原の砂地にたんぽぽが咲くころには、私にも好きな人がいて、明るく希望に満ちた日々であってほしいものだ。

今は冬枯れのさびしい川原だけれども、やがてこの多摩川にも春がきて、たんぽぽが一面に咲く明るく美しい川原になる。私も今は一人だが、そのころには美しい恋人ができ、輝かしい生活を送っていたい。春まだ浅く荒涼《こうりょう》とした川原を見ながら、そして、恋人のいないさびしい自分であるが、やがてめぐりくる豊かな春に思いを馳《は》せる。厳しい冬の中にも着実に春が用意されているように、人生にもいつか春がくるのだ。まだ恋を知らない純粋な少年

【語釈】○あれかし―「かし」は強意の終助詞。こうあってほしい。

の夢とも、恋に傷ついた人が未来への希望を託す歌ともとれる一首である。

しかし、この時期の牧水の状態を考えると、これがいかに深刻で悲痛な願いであり、いかに切実に素朴な愛を求めて詠《よ》まれた歌かがわかる。明治四十四年（一九一一）二月、牧水二十七歳の作である。

前年九月、牧水は三、四年の予定で出かけた旅を打ち切り、小枝子との恋愛の後始末のため十一月中旬に急きょ信州から帰京した。住む家もなく友人の家を転々とするようなみじめな生活をつづけていた。苦しさをまぎらすために酒の量も増え、乱酔気味《らんすいぎみ》になっていた。明けて一月、＊飯田河岸《いいだがし》の日英社（印刷所）二階に移り、そこに創作社を興して「創作」の編集を再開した。心身とも疲れ果てているが、仕事はつづけていかなければならない。そのような中で＊多摩川に出かけた時にこの歌を詠んだ。

翌三月、小枝子は郷里に帰っていった。二人の関係は確実に終わったのである。『路上』には、この時の心境を詠んだ次のような歌が多くみえる。

＊若き日をささげ尽くして嘆きしはこのありなしの恋なりしかな

＊五年《いつとせ》にあまるわれらがかたらひのなかの幾日《いくひ》をよろこびとせむ

この半年後、牧水の前には＊喜志子という花が立ち現れることになる。

＊飯田河岸―神田川沿いの旧町名。

＊多摩川―『路上』にはここで詠んだ歌が十三首並んでいる。

＊若き日を…―若かりし日々のすべてを捧げ尽くして、あんなにも嘆いたのは、今となっては、この存在の有無もわからないようになったむなしい恋であったのだ。

＊五年にあまる…―五年に余る私たちの恋の語らいの中で、そのうち何日を喜びの日とすればよいのであろうか。

＊喜志子―太田喜志子。長野県出身。歌人太田水穂宅で牧水は喜志子と出会った。

22

秋、飛沫《しぶき》、岬《みさき》の尖《とが》りあざやかにわが身刺《さ》せかし、旅をしぞ思ふ

【出典】『死か芸術か』

時は秋。波の飛沫《しぶき》よ、岬の尖《とが》った先端よ、私のこの体を鮮やかに刺してくれ。海への旅をしきりに思うことだ。

明治四十四年（一九一一）秋の作。*大悟法利雄《だいごぼうとしお》の調査によると、牧水は全生涯の九分の一余り、大学を出て社会人となってからの約五分の一を旅に暮らした。佐佐木幸綱《ゆきつな》は、牧水には「海に向かっていく*旅心《たびごころ》と、山奥の水源地に向かっていく旅心と両方ある気がする」と語っている。

この歌では、その海に向かう旅への思いに火がついた状態が詠《よ》まれている。火つけ役は「秋」という季節の到来《とうらい》。心は一気に海へと駆《か》り立てられ、

【語釈】○刺せかし―「かし」は強調の終助詞。相手に強く念を押す意をもつ。○旅をしぞ思ふ―「しぞ」は上の言葉「旅を」を強調する。

＊大悟法利雄―『若山牧水新研究』（昭和五十三年、短

眼前には秋の海の情景が広がる。その一つ一つが読点《とうてん》を打って示され、それぞれのことばが鮮烈なイメージをよび起こす。青い海をうねり寄せる波と、飛び散る白い飛沫《しぶき》。海にくっきりと突き出た岬が波を受け止め、跳ね返す。破格な詠み方によって、イメージの輪郭が非常に鮮明になっている。作者の思いの丈《たけ》は、「あざやかにわが身刺せかし」（岬の先端で鮮やかにこの身を刺しつらぬけ）という命令形を用いた表現で頂点に達する。旅を思い、居ても立ってもいられなくなった状態が詠みあげられているのだ。

芭蕉の『奥の細道』では、旅で死んだ古人への共感と歌枕《うたまくら》をはじめとする名所旧跡が芭蕉を旅に駆り立てた。芭蕉も、一度火がつくと、そぞろ神に憑《つ》かれたように心を狂わされ、道祖神《どうそじん》の招きにあい、取る物も手につかなくなって旅に出てしまう。旅への希求が、牧水においても芭蕉においても、詩的想像力を高める契機となっている点では同じだ。牧水の歌の「旅*をしぞ思ふ」ということばも、古典から受け継いだものである。この歌が現代の我々にも響くのは、旅に出たいという漠然とした欲求が、具体的なイメージをともなって鮮明に描かれているところにあるからであろう。

歌新聞社）所収「牧水と旅」。

*海に向かっていく……―大岡信・佐佐木幸綱・若山旅人他『わたしへの旅―牧水・こころ・かたち』（平成六年、増進会出版社）。

*旅をしぞ思ふ―「唐衣着つつなれにし妻しあればはるばる来ぬる旅をしぞ思ふ」（『古今集』羇旅《きりょ》・業平）。

23

初夏《はつなつ》の曇《くも》りの底に桜咲き居《を》りおとろへはてて君死ににけり

【出典】『死か芸術か』

初夏の曇った空の底に八重桜が咲いている。病苦と貧困との末、衰え果てて君は死んでしまった。

「四月十三日*午前九時、石川啄木《たくぼく》*君死す。」という詞書がついた四首の中の一首。上句《かみのく》は「五・七・七」の字余《じあま》りである。他は次の三首。

午前九時やや晴れそむるはつ夏のくもれる朝に眼《め》を瞑《と》ぢてけり

君が娘《こ》は庭のかたへの八重桜《やへざくら》散りしを拾ひうつつとも無《な》し

病みそめて今年も春はさくら咲きながめつつ君の死にゆきにけり

牧水*は啄木の家族とともに、寂《さび》しい臨終《りんじゅう》を見守った。四月なのに初夏の

【語釈】○曇りの底―曇った空と重い感じの八重桜のイメージが重なる。「底」には啄木の不遇も重なる。○桜―ここでは八重桜を指す。開花は四月下旬から五月上旬で、桜の中で最も遅い。

＊四月十三日―明治四十五年

ような日だった。牧水は葬儀の手配などに奔走《ほんそう》し、「ほんとに気でも狂ひさうであつた」、「街路には桜の花が汗ばんで咲き垂れてゐた」、「彼の逝《ゆ》いた家の庭は大きな八重桜の木があつて照るとも曇るともない悩ましい空にいちめんに花をつけてゐた」と記す。啄木の亡骸《なきがら》を見ていると「頼りどころのない悲しさが、しみ〴〵と形をなして来た」。

暑く曇りがちな朝、空をおおって八重桜が咲いている。啄木は「枯木の枝」のようになって死んでしまった。死の意味も知らない娘*は散った花びらを無心に拾っている。牧水は生と死を一つの風景として淡々と詠《よ》んだ。「初《はつ》夏《なつ》」というたい出しや「桜咲き居《を》り」という字余りにも違和感《いわかん》はない。

社会に対する関心や作風も違っていた二人ではあったが、貧乏で、酒好きで、お互いによき理解者であり、晩年の啄木が最も心を許したのが牧水であった。知り合ってわずかな期間のうちに、牧水は啄木に自身の雑誌「創作」への寄稿を依頼し、その後も出版の仲介*など献身的に面倒をみたが、精神的な辛《つら》さのため、葬儀には出席できなかったともいう。

こうした中でも、一方で牧水は太田喜志子に情熱的なラブレターを書きつづけ、翌月には結婚する。死と生との鮮烈な対照がここにもある。

（一九一二）の四月十三日。

*石川啄木―歌人・詩人。歌集『一握《いちあく》の砂』など。（一八八六―一九一二）

*牧水は啄木の家族とともに……以下の臨終については、大正元年「石川啄木君と僕」、大正二年「石川啄木君の歌」、大正九年「自歌自釈」その三「初夏の歌」、大正十二年「石川啄木の臨終」の牧水の文章による。

*娘―啄木の長女京子。当時数え年六つ。

*出版の仲介―啄木の死後に出版された『悲しき玩具』は牧水の仲介による。

24

水無月《みなつき》の青く明けゆく停車場《ていしやば》に少女《をとめ》にも似て動く機関車

【出典】『死か芸術か』

水無月の早朝、あたりは青く夜が明けていく。停車場では少女のような美しさで機関車が動いている。

【語釈】○水無月―陰暦六月のこと。

この一首を一読した時、一種の違和感を覚えざるをえない。私たちは機関車のことを力強く、男性的なものととらえがちである。それは、貨車や客車を引っ張って働く機関車の属性《ぞくせい》によるものであろう。ところが、この一首では機関車は少女の動く姿になぞらえられる。初夏の夜明け、空の色が漆黒《しっこく》から青へと変わり、あたりにはほの白い光が満ちてくる。鉄でできた機関車の肌が朝の柔らかい光を反射し、少女の肌のように白く輝く一瞬。早朝のことゆえ、まだ引っ張るべき貨車や客車は連結《れんけつ》されておらず、まるで恥《は》じらうかのようにゆっくりと静かに動きはじめる機関車。牧水は次のように書く。

*私は停車場《ステーション》の朝が好きだ。昼も夜もいゝが、朝の停車場ほど柔かな、静かな、親しみを持つたものは無い。人といふ人がみな各自鮮かな輪郭を同じ色に染めかへて押し合つてゐる様な心地がする。自分もその中に入つて、そしてそれらをじいつと眺めてゐるのが誠に可懐《なつか》しい。

停車場はさまざまな人が行きかう場所である。人々はとどまることなく流れ、旅人も土地の人も区別されることはない。旅人は疎外感を抱くことなく、つかの間の安心を感じることのできる場所でもある。そのような場所で、早朝の機関車の動きを眺める牧水の胸に去来するのは、忘れようにも忘れられない人の姿であろうか、それとも先ほど別れたばかりの遊女*であろうか。

牧水には停車場を詠《よ》んだ歌が数多い。それらは時に旅先のひなびた町の停車場であり、また、時に都会の駅の停車場である。出会いと別れを繰り返す場所としての象徴が停車場であるなら、その停車場の中の機関車に柔《やわ》らかな少女の姿を重ね合わせたこのシーンは、旅と恋に生きた牧水の面目躍如《めんもくやくじょ》と言えるかもしれない。

＊私は停車場の……——大正七年、新潮社発行『海より山より』下編「立秋雑記」。

＊遊女——『死か芸術か』のこの歌の前後には、遊女と過ごした翌朝をうたった歌が多くみられる。

25

旅人のからだもいつか海となり五月《ごぐわつ》の雨が降るよ港に

【出典】『死か芸術か』

五月の雨が、旅人に降り、海に降って、旅人の体もいつしか海と一つになる。そんな五月の雨が降っているよ、港に。

明治四十五年（一九一二）五月、三浦半島の三崎《みさき》港での作。詞書に「五月の末、＊相模国《さがみのくに》三浦半島の三崎に遊べり、歌百拾一首。」とある。この時の旅は短歌創作のためで、今までにないような種類の歌が「浪より浪のうまるゝごとく」できている。牧水の書簡によると、船で移動する途中《とちゅう》から雨になり、三崎港に着いてからも、一日二日、降《ふ》りつづいたようである。五月二十九日付け太田喜志子宛て書簡《しょかん》に「港についた時は、それでも、土砂降りで大に弱

【語釈】○いつか―いつしか。いつの間にか。
＊相模国―神奈川県。
＊浪より浪の……―五月三十日付け喜志子宛て書簡による。

った。しとく〵に濡れて」とあり、三十日付けの太田貞一《ていいち》*・太田光子宛て書簡に「岬《みさき》の港と、寂しい旅客のいのちとを濡らしてゆくこの五月の終りの雨を、いとしく思ひます。海は油絵具の匂ひのやうに、凪《な》いでゐます。昨夜、この古い港の灯台に青いろの灯がともりました」とある。この情景が牧水に多くの歌を詠《よ》ませたのである。

旅人である牧水は五月雨《さみだれ》の中にいて、三崎港で雨の降る海面を見つめており、自身が海と同化していくような感覚を覚えている。上句《かみのく》と下句《しものく》に時間的な経過はなく、一つに重なる夜の情景。降りつづく雨が旅人の体を溶かし、大いなる海の中に溶けこんでいくのである。旅人とはそのように自然に同化できる透明で自在な存在なのである。「五月の雨が降るよ港に」という表現も優《やさ》しくていい。自然に寄せる牧水の柔らかな感受性が、このように豊かな表現を生んだのだ。

この歌では、自らの身も心も自然にゆだね、自然と同化していく感覚を心静かに詠む。「忘却の」*の歌でみられた孤独や寂寥はなく、静かな高揚《こうよう》ともいえる境地と評することができる。「忘却の」の歌からわずか二年でこのような歌を詠むようになった牧水の精神的な成長を感じさせる歌でもある。

＊太田貞一・太田光子―貞一は水穂《みずほ》のこと。牧水と喜志子は、前年夏に貞一宅で出会い、五月初めに結婚している。そのお礼の手紙をここで書いている。

＊「忘却の」の歌―20の「忘却のかげかさびしきいちにんの人あり旅をながれ渡れる」（『路上』）。

26

かんがへて飲みはじめたる一合《いちがふ》の二合《にがふ》の酒の夏のゆふぐれ

【出典】『死か芸術か』

よそうか、飲もうか、そう考えながらもいつしか飲みはじめた酒が、一合となり、つい二合となってしまう。そんな静かな夏の夕暮れのひと時であるよ。

明治四十五年（一九一二）初夏の作。五月に太田喜志子と式も挙《あ》げないわびしい結婚をした。牧水自身によって「＊よさうか、飲まうか、さう考へながらにいつか取り出された徳利が一本になり二本になつてゆくといふ場合の夏の夕暮の静かな気持を詠《よ》んだものである」と説明されている。「かんがへて飲みはじめたる」は、節酒《せっしゅ》をする決意というより一種のポーズであろう。酒を味わう前の儀式のようなもの。こうして、静かに盃《さかずき》を傾ける。揺《ゆ》れる酒を見つ

【語釈】○一合―約一八〇ミリリットル。徳利約一本分。

＊よさうか、飲まうか……―「自歌自釈」その五（大正十三年）。

めながら、酒の量はしだいに増えていき、心地よい時間が過ぎていく。下句《しものく》の「の」の反復は、ゆったりとした時間の経過とともに酒の量が増えるさまを効果的に表している。一方、喜志子には、

　*にこやかに酒煮ることが女らしきつとめかわれにさびしき夕ぐれ

という歌がある。酒と旅に明け暮れる夫を支えた妻の本音《ほんね》であろうか。奔放《ほんぽう》で、自己陶酔《とうすい》的な牧水。喜志子をよりどころに、彼は心の自由を得た。そんな牧水について、友人の*白秋《はくしゅう》は*次のように記した。

　若山君位酒の好きな人はあるまい。彼こそ本統の酒仙《しゅせん》であらう。（中略）ともすると、非常に陰鬱《いんうつ》になつて、黙つてチビリチビリとやつてゐる。私は喜志子さんの「酒のみの妻の歌」と云《い》ふのを読んで涙が流れた。飲んで悪いとは云はぬが、飲まずにはゐられない酒なら仕方は無いが、少しは節酒して貰ひたいのである。

　同じ文章の中で白秋は、牧水の人生にとって、旅も酒も同じようになくてはならないものであるということを、「酒は彼を活気づけ、旅は彼を洗ひそゝぐ」と書く。苦労の多い人生の中で、酒を生きがいとし旅を友とした牧水の真髄《しんずい》を、この親友は見事に射抜《いぬ》いている。

*にこやかに……—大正四年『無花果』（昭和五十六年、短歌新聞社『若山喜志子全歌集』所収）。

*白秋—北原白秋。詩人・歌人。詩集『邪宗門』『思ひ出』、歌集『桐の花』などがある。（一八八五—一九四二）

*次のように記した—大正八年五月「新潮」所収「どうでもしなはれ」［若山牧水氏の印象］（昭和六十二年、岩波書店『白秋全集』35による）。

27

ふるさとの尾鈴《をすゞ》の山のかなしさよ秋もかすみのたなびきて居《を》り

【出典】『みなかみ』

故郷の尾鈴の山は本当に哀しくもいとおしい山だ。晴れわたった秋でもその山容をくっきり現すことなく、霞《かすみ》がたなびいているよ。

明治四十五年（一九一二）七月二十日、「父、危篤《きとく》」の知らせを受け、牧水は東京から久しぶりに故郷坪谷《つぼや》に帰った。大学を出ても定職につかず、歌などを作っているという牧水に、家族や親戚は冷たい視線を浴びせる。この歌は、一時郷里に引きこもることを決意したころの作で、歌集『みなかみ』*の巻頭におかれている。翌大正二年五月に郷里の家をあとにすることになるが、この帰郷中の歌をまとめたのが『みなかみ』である。

【語釈】○尾鈴山―宮崎県にある標高一四〇五メートルの山。

＊みなかみ―大正二年、籾山書店発行の第六歌集。

牧水の実家のすぐ前に坪谷川が流れ、正面には尾鈴《おすず》の山並みが一望される。生まれた時から来る日も来る日も見上げたはるかな山並み。同じ景色でありながら、今は「ふるさとの尾鈴」として外側から眺めている。秋晴れの日でも霞のような雲がかかったその姿は、哀《かな》しくもいとおしい。「かなしさよ」と吐露《とろ》していることからも明らかなように、尾鈴山は自然の風景としてだけではなく、心象風景としても眺められている。

同じ『みなかみ』の中に、「壺のなかにねむれるごとしこのふるさとかなしみに壺の透きとほれかし」という*破調《はちょう》の歌がみえる。一度故郷を離れたのちに再び帰ってきたものの、周囲の人々からは隔《へだ》てられ、旅人の眼で故郷を眺めるほかはない。その時に見えてくる故郷坪谷の姿。そこは壺の中にすっぽりと隠され、時間が止まったように深く閉ざされた地であった。いっそのこと哀しみにすべてが浄化されよと願う。故郷の自然に思いのゆくえをからませている牧水の姿をありありと思い浮かべることができる。

「壺のなかに」の歌にもその一端がうかがえるように、『*死か芸術か』を書いたころからみられていた破調の歌が、この『みなかみ』では実に大胆に詠《よ》まれている。郷里での苦悩が作風に変化をもたらしたといわれている。

＊破調の歌—五句に分けると次のようになる。「壺のなかに／ねむれるごとし／このふるさと／かなしみに壺の／透きとほれかし」。六・七・六・八・七の破調。

＊死か芸術か—大正元年、東雲堂発行の第五歌集。

28

ほたほたとよろこぶ父のあから顔この世ならぬ尊《たふと》さに涙おちぬれ

【出典】『みなかみ』

ほたほたと満面に喜びを浮かべている赤らんだ顔の父よ。この世の人ではないような尊さに涙が落ちてしまいますよ。

【語釈】○ほたほた―機嫌よく、嬉しそうな様子。にこにこ。

ほろ酔いかげんの恵比寿《えびす》様をも思わせる父。気持ちよく酒を飲んでいるのだろうか、赤ら顔をして喜んでいる。長年の飲酒による酒焼けもあるかもしれない。労苦《ろうく》のため深くしわの刻まれた顔でもあったろう。田舎の人らしいその老いた顔が笑顔になり、まるで神さまのような尊厳《そんげん》を放ったのである。

父立蔵《りゅうぞう》危篤《きとく》の電報が来て、牧水はあわてて帰郷したが、病気は案じたほどではなかった。牧水はすぐに上京したかったが、家族はそれを許さず、就職口を探しながら父の快方《かいほう》を見守っていた。この歌は、そんな時期の作。牧水はこのころ、父、母、姉、めいなど家族の歌を多く作っている。とりわけ父親については、病後のさまを細やかに描写している。

牧水の父はその親の代から医師で、医師としての技量はすぐれていたが、無類の酒好きであった。日頃は穏《おだ》やかで謹厳実直な好人物だが、いったん酒が入ると度を過ぎて飲んでしまうことたびたびで、乱暴を働いては妻を困らせていたらしい。そのように人間くさく、情にもろい「善《*よ》き父」であった。『みなかみ』の序文に書かれている臨終《りんじゅう》のさまは、台所に寝ていた父を「側にゐた母が、なアに昨夜の飲みすぎだらう」と笑って言ったほど眠るような安らかな死であり、「いつもの微笑を失はずに冷たく眠り去つた」のである。大正元年十一月十四日、行年六十八歳であった。

この歌で、ほたほたと喜ぶ父は酒を前にしての歓喜《かんき》であろう。息子である牧水は、そんな父を見て安堵《あんど》の気持ちと敬愛の情から涙がこぼれたのであった。悲しくも温かい歌である。

＊善き父―牧水の父を詠《よ》んだ歌に「善き父」ということばがみえる。また、大正五年発行『旅とふる郷』「曇り日の座談」に、「窓の前を猪の通るやうな山の村の、今は極めて老いたる医者である父は、まことに神さまのやうに、善き、尊きひとであるのだ。彼のために、健康を祈ってくれたまへ」（十一月五日午後二時）とある。

29

われを恨《うら》み罵《のゝし》りしはてに噤《つぐ》みたる母のくちもとにひとつの歯もなき

【出典】『みなかみ』

私を恨み、あれこれ罵倒《ばとう》した末に母は黙ってしまった。そんな母の口元には一本の歯もないのだ。

母と子の衝突の場面。「恨み」「罵り」とすさまじい感情を次々にぶつける母。挙句《あげく》の果ては口を開こうともしなくなった。しかし、ぎゅっと閉じたその口元には一本の歯もないことを作者は知っている。それは、激しいののしりや暗い沈黙よりも何よりも、自分を苦しめる事実であった。母が哀れでならず、それほどまでに母を怒らせている自分のふがいなさが恨《うら》まれる。

この時牧水は二十八歳、母は六十五歳。老いた母と、家族を助けねばなら

【語釈】○噤《つぐ》む―口を閉じる。黙る。

ない年齢に達している息子。若山家の長男だが、すぐ上の姉とは十歳以上の開きがあり、家族中から甘やかされて育った。中でも母は特別牧水をかわいがり、牧水もことのほか母を愛した。牧水というペンネームの「牧」は、母の名マキからとったものだった。牧水は長男でありながら家を継《つ》がず、結婚の報告もしないまま東京で文学の道を歩んでいた。一首は、父の危篤《きとく》の報を受けて帰省した牧水と家族が対立していた時の作。この対立は出口の見えない、暗く重いものであった。「われを恨み」につづいて次の三首が並ぶ。

斯《か》る気質《きしつ》におはする母にねがはくは長き病《やまひ》の来ることなかれ

母が愛は刃《やいば》のごときものなりきさなりいまだにそのごとくあらむ

*そそくさと夕陽にうかみ小止《をや》みなく働く庭の母を見じとす

親の意思からはずれたところで、子どもは子どもなりの人生を踏み出そうとしている。親としては裏切られたような思いである。譲れない思いと思いがぶつかり、口に出せない愛情が交錯《こうさく》する。そこには現代の親子問題にもつながる普遍性がある。そして、子である牧水は納戸《なんど》でつぶやく。

*納戸《なんど》の隅《すみ》に折から一挺《いっちゃう》の大鎌《おほがま》あり、汝《なんぢ》が意志をまぐるなといふが如《ごと》くに

*そそくさと……──そそくさと夕陽にくっきり浮かびながら、少しの休みもなく母は庭で働いている。そういう母を見るのがつらくて、見まいと目をそらしている。

*納戸の隅に……──この歌は次項で扱う。

30

納戸《なんど》の隅《すみ》に折から一挺《いつちやう》の大鎌《おほがま》あり、汝《なんぢ》が意志をまぐるなと
いふが如《ごと》くに

【出典】『みなかみ』

物置の部屋の隅に、ちょうどその時、一丁の大きな鎌がかかっている。「お前の意志を決して曲げるな」と言っているようだ。

牧水の破調歌《はちようか》が最も顕著《けんちよ》にみられるのは、歌集『みなかみ』の「黒薔薇《くろばら》」の章で、この歌はその冒頭におかれたもの。激しい心情であるがゆえに短歌の形式は壊《こわ》れているが、五音と七音を基本とした構造であるため、自ずとリズムがとれる。また、牧水の破調歌の特徴である命令形と禁止的表現、そして読点《とうてん》の使用。これらは、一首に力強さと余韻《よいん》をもたらす。さらに、漢語や漢字を多く使用することで、簡潔で的確な表現効果も得られている。

【語釈】○納戸―物置き部屋。○挺《ちよう》―鎌などを数えることば。丁に同じ。○まぐる―曲げる。

牧水の将来をめぐって家族との反目《はんもく》がつづく中、牧水は家族にも気兼《きが》ねをするようになり、母や姉、親戚の容赦《ようしゃ》ない説得に*おびえるようにもなっていた。そんな逆境の中で一丁の大鎌《おおがま》を目にした。破調といい、うたわれた内容といい、視覚的イメージといい、牧水の苦悩が痛いほど伝わる。納戸の隅に光っている鋭利な大鎌は、牧水の弱っていた意志に鋭く働きかける。「汝《なんぢ》が意志をまぐるな」は、牧水の信念があらん限りの力でわき上がった時のことばである。

　同じ時期に次のような歌がみえる。

　家のいづくにか時計ありて痛き時を打つ、陰影《かげ》より出《い》でよ、出でよとて
打つ

　新たにまた生《うま》るべし、われとわが身に斯《か》く云ふとき、涙ながれき

　言葉に真実あれ、わがいのちの沈黙より滴《したた》り落つる短きことばに

当時の牧水は、真実の声を家のそこここで聞き、また、歌人として生きることに迷いがないことを自身に強く言い聞かせていたのであった。

＊おびえるようにも……—『みなかみ』に次のような歌がみられる。「なま傷にさはらぬやうに朝夕の世間話《せけんばなし》にも気をおく納戸《なんど》」「夕されば炉辺《ろへん》に家族つどひあふそのときをわれはもとも恐《おそ》れき」。

31

この冬の夜《よ》に愛すべきもの、薔薇《ばら》あり、つめたき紅《くれなゐ》の郵便切手あり

【出典】『みなかみ』

この冬の夜に愛すべきもの。私の側に薔薇がある。そして、冷たい紅の切手がある。

＊冬薔薇《ふゆばら》という花がある。冬に入ってからも花を残す薔薇で、ことに暖地では、秋咲きのものが冬まで咲きつづけることもある。寒さのため、花も小さく、花弁がくすんで色濃くなる。この歌では、冬の夜に愛すべきものとして、紅の冬薔薇と紅の郵便切手をあげる。庭先に咲く冬薔薇を切り、机の上にでも飾っているのであろうか。机の上にはまた郵便切手がある。薔薇と同じように冷たくて赤い郵便切手。薔薇を眺めて過ごす静謐《せいひつ》で孤独な夜、郵便

【語釈】○紅の郵便切手―封書用の三銭切手が紅だった。
＊冬薔薇―冬薔薇《ふゆそうび》。寒薔薇《かんそうび》ともいう。

切手は外の世界とつながる手がかりだろうか。

短歌の定型によらず、読点《とうてん》を打って、かみしめ確かめるような詠《よ》み方である。破調でありながら独特のリズムがあり、また破調であるがゆえの力強さや説得力がある。さらに、薔薇と郵便切手という取り合わせが絶妙である。暗く寂しい冬の夜の部屋に、鮮明に浮かび上がる紅の薔薇と郵便切手。これを一つ一つ提示していく。このような対置によって、両者はそれぞれが存在感を放ち、作者との間で危《あや》ういような均衡を保っている。

牧水は夜ともなれば紅の冬薔薇に向かい、何首も何首も、破調の歌をうたった。『みなかみ』の「黒薔薇」*に掲載された薔薇の歌は、質、量ともに異常なほどであり、その時の異様ともいえる精神状態を想像させる。牧水自身、のちの『樹木とその葉』の中に、父の死後、上京する途中に郷里で歌を書き留めたノートを開いて、「其処《そこ》*に盛られた詩歌の異様な姿にわれながら肝をつぶした」「驚愕《きやうがく》はいつか恐怖に変つた」と記している。この歌の場合、薔薇に対峙《たいじ》しつつ自身に向き合っていたのであり、「歌とは何か」ということを常に考えていたのであろう。一首に息をのむような緊迫感があるのもこのためではなかろうか。

＊黒薔薇―『みなかみ』には約五百首の歌が収められている。「黒薔薇」の章には九十七首の歌があり、薔薇を詠んだものは四十二首を数える。

＊其処に盛られた……―大正十四年、改造社発行『樹木とその葉』「島三題」。

32

飛ぶ、飛ぶ、とび魚《うを》がとぶ、朝日のなかを
あはれかなしきこころとなり

【出典】『みなかみ』

飛ぶ、飛ぶ、飛び魚が飛ぶ。朝日の中をきらきら光りながら、光と同化し、ああ、哀しきこころとなって飛び魚が飛んでいる。

これも破調歌であるが、本来の短歌形式では成《な》しえなかった表現効果がある。「飛ぶ、飛ぶ、とび魚がとぶ」の部分では、読点《とうてん》を打って動詞の現在形を繰り返すことで躍動感《やくどうかん》が生まれ、とび魚の一群が次々に飛行するさまが映し出される。その生き生きとしたイメージが、作者の感動を鮮明に伝える。「朝日のなかをあはれかなしきこころとなり」まで読んで、朝日を浴びて光り輝くその姿は、同時に、哀《かな》しい心の形でもあることがわかる。飛び魚が海

【語釈】○とび魚、朝日―この歌の前に、「身体《からだ》は皮膚のみのごとくつかれたり、船室の窓よりかなしき朝日きたる」「酒後《しゆご》の身を朝日が染め、船が揺《ゆ》る、甲板《でつき》あゆめば飛魚がとぶ」という二首がある。連作として読めば内容的にも音韻的にも一

から空へと飛び出し、滑空《かっくう》しながら次々と光に同化していく姿に、作者は悲《ひ》哀《あい》を感じずにはいられなかったのだろう。そのはかない尖鋭《せんえい》さゆえに心の痛みを覚えるような。

この歌の前半部分にみられるような繰り返しは、『みなかみ』の一つ前の歌集『死か芸術か』の歌にすでに現れていた。

雨、雨、雨、まこと思ひに労《つか》れゐき、よくぞ降り来《こ》し、あはれ闇を打つ

浪、浪、浪、沖に居《を》る浪、岸の浪、*やよ待てわれも山降りて行かむ

この畳みかけるような繰り返しはまさに近代詩の方法であり、作者の感動が直接伝わってくる。また『みなかみ』には、こんな歌もある。

啼《な》け、啼け、まだ啼かぬか、むねのうちの藍《あゐ》いろの、*盲目《めしひ》のこの鳥

「歌え、歌え」と、自身の胸の中の藍《あい》色の鳥に懸命に呼びかけた歌だ。

父の死後、郷里の実家で息づまる毎日を送っていた牧水は、明けて大正二年、福岡県の大牟田《おおむた》にあった「暖潮《だんちよう》」という歌の会に招かれた。飛び魚の歌は、その折、一月初旬から二月初旬にかけて九州沿岸を一周した時の作。

牧水がどれほどの自覚を持って破調歌にとりくんだのかはわからないが、現代の我々にも斬新《ざんしん》で、短歌の可能性を見事に広げている。

層効果がある。○あはれ—感動詞。ああ。

*やよ待て—やあ、待てよ。

*盲目—目が見えないこと。

33

ことさらに泣かすにや子に倦《う》みしにやかたはらにゐて手もやらぬひと

【出典】『秋風の歌』

わざと泣かせているのだろうか。赤ん坊に飽《あ》きてしまったのだろうか。妻は赤ん坊の側にいるだけで、あやそうともしないのだ。

大正二年（一九一三）夏の作。「夏の日の苦悩」と題された連作の一つ。この連作には、梅雨から夏にかけての曇り空を背景に、作者の鬱屈《うっくつ》した心情が断続的に描かれている。

この歌では、泣きつづける赤ん坊と、その側にただ座っている妻、そして、それを視界の片隅にとらえている作者という家族の構図が明らかにされている。妻は、何か考えがあって赤ん坊を放置しているとも、子守りに飽き

【語釈】○ことさらに―わざと。故意に。○にや―下に「あらむ」が省略されている。「にやあらむ」で「…であろうか」の意。○倦《う》む―嫌になる。飽きる。

てしまったとも思えるような態度。夫は夫で赤ん坊の泣き声にうんざりしつつも、妻の様子をうかがうばかりで、声をかけるわけでも、自分から赤ん坊をあやすわけでもない。それぞれがやり切れない状態でありながら、それ以上接近することも、離れることもない距離を保っている。

牧水は、この時二十九歳。帰郷からほぼ一年後の六月に上京し、新*しい場所に居を構え、信州の実家で長男旅人《たびと》を出産した喜志子を呼びよせた。一家の主人として新しい家族と生活を始めた牧水は、自宅で雑誌「創作」の復刊の準備にかかった。しかしながら、窮乏《きゅうぼう》の日々はつづく。喜志子は子守りのかたわら針仕事をして生計《せいけい》をささえた。幸せな半面、牧水には居心地の悪いような時もあったに違いなく、同じ連作の中には次のような歌がみえる。

妻はしたにわれは二階にむきむき*にちさき窓あけくもり日《び》に居る

すたすたと大股《また》にゆき大またにかへり来にけり用ある如《ごと》く

互いに距離を作って、互いに自分を開放できるような時間と場所が必要であったのだろう。それができるのも自宅ではこの窮屈な窓しかない。用があるふりをして外出してみても、そこには何もないのである。

*新しい場所―小石川区大塚窪町。

*むきむきに―それぞれ、思い思いに。

34

妻や子をかなしむ心われと身をかなしむこころ二つながら燃ゆ

【出典】『秋風の歌』

妻や子どもをいとおしいと思う心、自分自身をいとおしいと思う心、私の中にはこの矛盾する二つの心があって、矛盾しつつも二つはともに燃えていることだ。

【語釈】○かなしむ―いとおしいと思う。愛する。○われと身を―我と我が身を。自分自身を。

「二つながら燃ゆ」というのがポイントであろう。「ながら」は二つのことが同時に進行するさま、転じて逆説的な事柄《ことがら》の並列にも使う。家族への愛情と、歌人としての自身への感傷は、現代に生活する我々には、必ずしも逆説的ではないかもしれない。しかし、困窮《こんきゆう》の中、家族を顧《かえり》みることなく歌を作りつづけ、歌を通してしか家族に対する愛情を表現できなかった牧水にとって、その二つは矛盾しつつも共存し、ともに熱く燃えるものであった。

大正二年六月に上京してから、大塚窪町での妻子との新生活は貧乏をきわめた。牧水に定職はなく、固定した収入は皆無であった。にもかかわらず、来客が多く、相手次第では二日でも三日でも酒浸《さけびた》りの状態であった。旅行欲が起これば気の向くままに旅に出る性分も相変わらずで、その年の十月には伊豆の神子元島《みこもとじま》に一週間ほど旅に出ている。家族や借金取りから逃れて、郊外に借りた下宿で仕事をすることもあった。大正三年は、家庭をもって初めての正月だったが、年明けから三週間も酒がつづいたという。

このように牧水の日常は生活苦と動揺とに満ちたものであったが、それは同時に生活者牧水を歌人牧水に転身させる力にもなった。「二つながら燃ゆ」とは、生活者でありながら歌人として生きる自己の在《あ》り方を示したものであったろう。この一つ前の歌に、

わが如《ごと》きさびしきものに仕へつつ炊《かし》ぎ水くみ笑《ゑ》むことを知らず

という歌がみえる。自分のような感傷的歌人に仕えては、炊事《すいじ》や洗濯にあけくれ、笑うことを忘れた妻。牧水はそのような妻をいとおしく思う。「二つながら燃ゆ」は、様々な困難を乗り越えて創作をつづける中で、牧水自身が火をつけた燃えさかる炎であったのだろう。

＊大正二年六月に……「貧乏首尾なし」（大正十四年、改造社発行『樹木とその葉』所収）による。

35

棕《しゆ》櫚《ろ》の葉の菜《な》の花の麦のゆれ光り揺れひかり永きひと日なりけり

【出典】『砂丘』

風というほどの風はないが、シュロの葉が明るい春の日ざしの中に揺らいでは光っている。その向こうでは、菜の花畑がゆれ光り　また向こうでは麦畑がゆれ光っている。永い春の一日であることよ。

病気*の妻の転地療養にと、三浦半島の海岸に移住した時の歌である。大正四年の春のことだった。この一首について、牧水は後年、「うららかな光は*棕櫚の葉に、菜の花に、麦の穂に、眼前のあらゆるものに宿つて、あるか無きかの風と共に静かに揺れ輝いてゐる。そのほかには何の事も無い、この永い春の日にといふ一首」と注釈をしている。南国風のシュロの木が何本か立ち、その向こうに菜の花畑と麦畑が広がるのであろう。群生する葉や花に降

【語釈】○棕《しゅ》櫚《ろ》―シュロ。ヤシ科の常緑高木。高さは五メートル以上になり、直立した幹の上方に大きな手のひらのような葉をつける。

＊病気の妻―腸結核を患った。

＊うららかな光は…―「自歌自釈」その三（大正九年）。

りそそぐ春の日ざしが、時おり吹く風に揺《ゆ》れてきらめいている。

一首の前半は、「棕梠の葉の菜の花の麦の」と眼前の植物を助詞「の」でつないでいる。実際には「棕梠の葉が、菜の花が、麦が、」と解釈される「の」だが、このようにつらねることで、それぞれが光の糸で一つにつながっていく。また「ゆれ光り揺れひかり」というリフレインは、表記を変えることで、空間的にも時間的にもズレを作りだしている。こちらでシュロの葉が揺れ光るかと思えば、あちらでは菜の花畑が揺れ光り、向こうでは麦畑が揺れ光る。風がかすかに吹くことで、それぞれの植物が躍動《やくどう》し、光が乱舞する、その光景が何回も繰り返されるのである。末句にいたって、これまでの情景や気分が、永日という駘蕩《たいとう》の中に流れこむ。そして、気の遠くなるような日がな一日をゆるゆると過ごす作者の影も見えてくる。

牧水はここで一日中書きものをして過ごしたのであろうか。窓から見える風景に心を躍《おど》らせたのであろうか。この一首には、そのいずれでもない、静かな時間に身をゆだねている作者の影が見えてくる。それは、ただ時をやり過ごしている姿だろうか、それとも、生涯を歌に捧げた作者が、つかの間の休息をとっているのだろうか。

36

昼の浜思ひほほけしまろび寝にづんと響きて白浪《しらなみ》あがる

【出典】『砂丘』

昼の浜辺に寝そべって、物思いにふけってぼんやりしていると、不意にずんと響いて白波があがった。

【語釈】○思ひほほけし―物思いにぼんやりする。○まろび寝―寝ころぶこと。

前の歌と同じく三浦半島長沢海岸での作。白昼、砂浜に寝ころんでとりとめのない物思いにふけっている。ぼんやりとまどろんでいると、「ずん!」という重い響きとともに白い波があがった。響く音とあがる白波からすると、作者の近くには栈橋《さんばし》か防波堤があって、波が打ちよせて砕《くだ》けているのであろう。うたた寝の背中を揺さぶる白波の響き。無理やり現実に引きもどされたような感覚。覚醒と睡眠の間の中途半端な意識の中で、自然の精彩に比べ、自然からも社会からも置き去りにされている自身の姿にぞっとする。

このころの牧水にとって、静かな漁村での単調な生活は耐えがたいものになりつつあったようだ。大正四年四月十三日付けで法月俊郎《*のりづきとしろう》に宛てた手紙の中で、「松原の砂の上にねころんで濤《なみ》の音をきいてゐますと、何といふことなく涙が浸《し》みます、自《おの》づと浮んで来る過去や未来を見つめてゐるといふことは慰め難き苦痛です」とぼやいている。

牧水一家が三浦半島に移ったのは大正四年三月十九日のこと。喜志子の健康も次第に回復し、大正五年十二月には東京に引きあげる。その間、大正四年十月に第八歌集『砂丘』を刊行。十一月には長女みさきが生まれた。十二月には喜志子が処女歌集『無花果《いちじく》』を刊行。翌年の六月には第九歌集『朝の歌』を刊行するなど、三浦半島での生活は平穏《へいおん》に過ぎていった。しかし、後に牧水は『砂丘』を振りかえり、「物蔭に隠れて労《つか》れを休めてゐるといふ様な、か弱い感傷から詠《よ》まれた」歌が多く、「いはゞ「夏の疲労」とも謂《い》ふべき歌集であつた」と記す。とはいえ、その後も多くの旅を繰り返して数多くの作品を残したことを思えば、ものうい時間を過ごしたこの二年弱は、牧水にとっての充電期間になったのかもしれない。

＊法月俊郎―吐志楼とも。静岡県の郷土史研究家。歌人。（一八八八―一九六八）

＊物陰に隠れて…―「野蒜の花」その三（大正十四年、改造社刊行『樹木とその葉』所収）。

37

津《つ》の国《くに》の伊丹《いたみ》の里《さと》ゆはるばると白雪《しらゆき》来《きた》るその酒来《きた》る

【出典】『朝の歌』

津の国の伊丹の里からはるばると銘酒白雪がやって来るよ。その酒がやって来るよ。

同じく三浦半島長沢海岸の漁村での作。「銘酒白雪を送らむといふたより来《く》る」という詞書がある七首のうちの第一首目。かつて牧水が、友人に勧《すす》められて伊丹《いたみ》の地で味わった銘酒白雪。その友人から、白雪を送ろうという手紙がとどいた。友人*はわざわざ伊丹まで行き、醸造元の小西酒造から荷づくりをして送ってくれた。伊丹は「丹醸《たんじょう》の美酒」と称されてきたほどの清酒の産地で、小西酒造は創業の一五五〇年から現代にまでいたる蔵元《くらもと》。当時、

【語釈】○津《つ》の国の伊丹《いたみ》の里―現在の兵庫県伊丹市。○里ゆ―里から。○白雪―小西酒造を代表する酒の銘柄。

*友人はわざわざ……―「「白雪」の話」（増進会出版社『若山牧水全集』第五巻所

兵庫県伊丹市から神奈川県横須賀市まで、どのくらいの日数で小包がとどけられたかはわからないが、その間、牧水は＊一日千秋《いちじつせんしゅう》の思いで待ち、「白雪を待つ心」の歌を七首も詠《よ》んだ。

この歌の特徴は、「酒を待つ心」が詠まれ、地名や酒の銘柄《めいがら》という固有名詞が詠みこまれていることである。「待つ」という行為は何かの到来《とうらい》を期待してじっとしていることであるが、その時のたまらなさをどう表現するかで待つ心の強さが示される。牧水のこの歌では、その思いが巧《たく》みに表現されている。「津の国の伊丹の里ゆ」と旧国名を詠みこみ、「ゆ」という文語表現をもちいることで、由緒正しい酒が来ることが強調される。「はるばると」は、遠来の友を迎えるかのようである。下句《しものく》で「来る《きた》」を繰り返すのも、はやる心の表現として効果的である。

結局、待ちきれなくなった牧水は、北下浦から横須賀までの四里（約十六キロ）の道のりを取りに出向き、酒を抱えて帰っている。「待つ心」を楽しむ人ではなく、自ら求めて行き、待つ時間をぎりぎりまで切りつめる人であった。白雪だけが酒ではなかろうが、折しも梅の花＊咲くころ、この美しい響きをもつ酒に一刻でも早く酔《よ》いしれたかったのであろう。

収）に詳しい事情が書かれている。

＊一日千秋―一日が千年のように長く感じられること。

＊梅の花―同じ時の歌に「をりからや梅の花さへ咲き垂れて白雪を待つその白雪を」がある。

やと握るその手この手のいづれみな大きからぬなき青森人《あをもりびと》よ

【出典】『朝の歌』

「やあ」と言って握手する人々の手は、どの手もこの手も大きくないものはない。そんな手のように力強くてあたたかい青森の人よ。

「残雪行《ざんせつこう》」と題する東北旅行五十二首の中の歌。この作には「青森駅着、旧知未見の人々出《い》で迎《むか》ふ」という詞書がある。作者が青森駅に到着するや、知っている人も知らない人も大勢の青森人が出迎えてくれていた。満面に笑みをたたえて汽車から降りる作者。「やあ」と声をかけ合っては、次々に握手を交わす。握った手は、どの手もみな大きくて力強い。出会いあり再会ありという駅のホームでの感動がうたわれている。「いづれみな大きからぬな

【語釈】○や—感動詞。人に呼びかける時に発する語。やあ。○大きからぬなき—大きくないのはない。二重否定。

き」とは、作者が日頃接している都会の人や文筆に携《たずさ》わっている自分たちとは違う手の大きさ。それは農耕や寒地特有の生活によってたくましく発達した手であり、心の大きさを暗示するあたたかい手である。

三浦半島の漁村での静かで単調な生活に心をくもらせていた牧水であったが、彼を奮《ふる》い立たせたのは、やはり旅であった。「残雪行」の前に収載された「みちのくの雪見《ゆきみ》に行くと燃え上《あが》るこころ消しつつ銭《ぜに》つくるわれは」という一首は、はやり立つ気持ちを抑えながらも金策に走る牧水自身の姿が、ほほえましくすらある。

「残雪行」には、大正五年三月十四日に出発し、仙台、盛岡、青森、秋田、福島などをまわって、多くの友人や門下の人たちに会い、五月一日に帰宅するまでの歓喜に満ちた歌が載《の》せられている。牧水にとって、初めての北国だった。同じく青森での作。

鈴鳴らす橇《そり》にか乗らむいないな先《ま》づこの白雪《しらゆき》を踏みてか行かむ

「鈴を鳴らして走る馬ぞりに乗ろうか、いやいや、まずはこの白雪を踏んで行こうか」と、南国生まれの牧水は、かねてより念願の本州最北端で、初めて目にする馬ぞりや大雪に心を躍らせたのである。

39　それほどにうまきかと人のとひたらばなんと答へむこの酒の味

【出典】『白梅集』

「そんなにも酒はおいしいものですか」と人にたずねられたら、なんと答えようか、この酒の味は。

大正六年（一九一七）春、牧水三十三歳の時の作。第十歌集となる『*白梅集《はくばいしゅう》』は妻喜志子との合著である。「それほどにうまきか」という問いは、どこか滑稽《こっけい》である。「それほどに」というのが、牧水の場合、「朝から晩まで酒浸《さけびた》りになるほどに」であり、「体をこわすほどに」であるからだ。そうまでして酒は飲まなければならないものなのか。「なぜそんなにまで旅をするのか」という問いとともに、牧水にむかって誰もがききたくなるような質問を自ら

*白梅集―大正六年、抒情詩社刊行。

問うた歌である。「自歌自釈」には「*そんなにもこの酒といふものがおいしいのですか、と正面から問ひつめて来られたら、さアて、何と返事をしたものかなア、といふ酒を愛する一首」と書いている。

　それではこの質問に対して牧水はなんと答えるのか。18「白玉《しらたま》の」の歌のところでも引用したように、*牧水にとっての酒は、味覚だけでなく、心でかみしめる味わいをもっている。乾いていた心はうるおい、弱っていた心はよみがえり、散らばっていた心は次第にまとまってくる。牧水は酒によって身を保ち、心を養っていたのである。同じ時に、

　　酔《ゑ》ひぬればさめゆく時のさびしさに追はれ追はれて*のめるならじか

　　しづしづと天日《てんぴ》のもとに生くことの出来ねばこそあれ酔ひどれて居る

とも詠《よ》んでいる。酔いがさめていく時におそってくるさびしさから逃れるために飲むと言い、酔っぱらってなければ生きた心地がしないとも言う。

　酒好きと旅好きは牧水を歌人たらしめた最大のものであるが、この最大のものが牧水の死を早めた最大の要因でもあった。この点で、牧水はやはり生き急いだ詩人であったと言わざるをえない。この歌が詠まれた翌年の*大正七年には、すでに酒を慎《つつし》まなければならない身体の状態になっていた。

*そんなにもこの酒……―「自歌自釈」その五（大正十三年）。

*牧水にとっての酒は……―「酒の讃と苦笑」（大正十四年、改造社発行『樹木とその葉』所収）。

*のめるならじか―「飲んでいるのではあるまいかなあ」の意。一首前に「なにものにか媚びてをらねばたへがたきさびしさ故に飲めるならじか」という歌もみえる。「ならじか」は奈良の銘酒「春鹿」を思わせる。

*大正七年―九月に医師から萎縮腎のため禁酒を勧告されている。

40

麦ばたの垂《た》り穂《ほ》のうへにかげ見えて電車過ぎゆく池袋村《いけぶくろむら》

【出典】『さびしき樹木』*

見わたす限りの麦畑の中、そのよく実って垂れた穂の上に影を映して、電車は池袋村の野を過ぎていくよ。

大正六年（一九一七）夏の作で、「池袋村」という詞書がある。池袋村は、今の豊島区池袋。当時は、見わたす限り麦畑や大根畑の広がる農村であった。その池袋村では、穂が垂れさがるほどに実った麦畑が、夏の日ざしを浴《あ》びて黄金色に輝いている。炎暑《えんしょ》の中、電車は麦畑に黒い影を映《うつ》して走り過ぎる。冷房のなかった時代、夏ともなれば窓を全開にして、風を車内に循環させながら電車は走った。「池袋村」という一言で、そんな当時の電車事情まで想

【語釈】○垂り穂—稲や麦などの、実って垂れさがっている穂。

*さびしき樹木—第十一歌集『さびしき樹木』は大正七年七月発行（南光書院）、第十二歌集『渓谷集』は同年五月発行（東雲堂書店）

像させる歌である。

　牧水と家族は大正五年十二月に三浦半島を引きあげ、小石川区金富《かねとみ》町に住んだが、同六年五月には北豊島郡巣鴨町に移転している。「麦ばたの」の歌は、その巣鴨時代の作で、牧水もしばしば電車に乗って池袋をとおっていたのであろう。この当時の巣鴨町は東京市外で、まだ武蔵野の面影《おもかげ》が残る郊外であり、*牧水の家は、大塚《おおつか》駅西口から北東にむかって約五〇〇メートルの天《てん》神山《じんやま》と呼ばれていた小さな丘の中腹にあった。牧水の家から楢《なら》の木立をはさんで、すぐ側に*山手線がとおっていた。このあたりも麦畑がつづく農村で、牛乳をあきなう牧場もあった。それから百年近く経った現在、牧水の歌はまるで一枚の写真のように当時の池袋を映しだしている。

　『さびしき樹木』にはこの歌の少し前に、「*疲れはてて帰り来《きた》れば珍しきもの見るごとくつどふ妻子《つまこ》ら」という歌がみえる。大正六年二月に二度めの復活発行をした「創作」だったが、印刷費も払えず、困難な状況にあった。牧水は金の工面に走りまわっていたため、自分の仕事もできず、疲れはてていた。そんな牧水をかろうじて支えたのが、東京郊外の田園風景であったのであろう。

である。作品の制作順と発行の月が逆になっているのは、発行所の都合による。

*牧水の家―この当時がしのばれるものとして、牧水の「線路のそば」（大正七年、新潮社発行『海より山より』所収）と若山旅人の「鉄の灼けるにおい」（増進会出版社『若山牧水全集』第五巻月報「連載五・牧水片々」）がある。

*山手線―明治三十四年（一九〇一）、それまでの路線を統合し、品川から池袋経由で上野までで開業。環状運転は大正十四年（一九二五）より。

*疲れはてて……―疲れはてて家に帰ってくると、そんな私をまるで珍しいものでも見るように、集まる妻や子どもたちであるよ。

41

石越ゆる水のまろみを眺めつつこころかなしも秋の渓間《たにま》に

【出典】『渓谷集』

川の中の大きな石を越えて流れる水のまるみを眺めていると、いいようのない哀しみがわいてくることだ。この深まりゆく秋の渓間で。

大正六年（一九一七）十一月、晴天がつづいたため旅に出たくなり、*秩父《ちちぶ》の渓谷を歩いた時の作。第九歌集『朝の歌』に収められた東北への旅行以来、牧水はしきりに旅をするようになる。同時に、自身の旅について意味づけをしようとしたのか、本格的な紀行文を書くようになった。その中で、山中や渓谷へ入っていく旅が多い理由として故郷の風土との関係をあげている。この頃より、渓谷を思い描くたびに心*の底が痛むようななつかしさを感じるよう

【語釈】○まろみ—丸《まる》み。○かなしも—「も」は詠嘆の終助詞。

*秩父の渓谷—埼玉県南部を流れる入間川《いるまがわ》の渓谷を歩いたと言われている。秩父山地妻坂峠付近に源を発する。

になっていた。また、*河の水上《みなかみ》に対して不思議な愛着を感ずるとも述べている。渓流をひたすらさかのぼって、水源が小さな瀬を作りながら流れ出すような場所に出会っては、胸の苦しくなるようなよろこびを覚えたという。

　この歌では、川の中の石を越えていく水が、まるく滑《なめ》らかにふくらんで流れていく。とどまることなく、次々にまるみを作っては流れていく。そのように清らかで自然のかたちに従順《じゅうじゅん》な水の流れ、その滑らかさに牧水は打たれた。「*こころかなしも」は『万葉集』の*大伴家持《おおとものやかもち》のことばである。家持は、いかにも春らしいのどかさの中に、哀《かな》しみや愁いがわきあがるのを抑えきれずにうたったのである。牧水の場合にも複雑な感情が込められているのであろう。

　牧水の歌から、すでに園田小枝子の面影も青春の抒情も消えさっていた。もはや帰ることもできなくなった故郷への思い、守らなければならない家族への思い、日々の生活に汲々《きゅうきゅう》とする自分への思い。旅をしなければ、あるいはうたわなければ払いがたい哀《かな》しみを牧水は背負ってしまったのである。「こころかなしも」は、山奥の水源地にむかうことでのみ自らを解放し、自らを救うことのできた牧水の心の叫《さけ》びだったのではなかろうか。

＊心の底が痛むような……―「利根の奥へ」（大正十年、アルス発行『静かなる旅をゆきつつ』所収）参照。

＊河の水上に対して……―大正十三年、マウンテン書房発行『みなかみ紀行』。

＊こころかなしも―大伴家持の歌に「うらうらに照れる春日《はるひ》にひばりあがり心悲しも一人し思へば」がある。

＊大伴家持―奈良時代の歌人。『万葉集』の編纂者の一人と言われる。延暦四年（七八五）没。

42

行《ゆ》き行《ゆ》くと冬日《ふゆび》の原にたちとまり耳をすませば日の光きこゆ

【出典】『くろ土』

行きつづけると、ふいに空が明るくなって冬日のさす野原がひらけた。立ちどまって、耳をすましてみると、日の光の音がきこえる。

大正七年（一九一八）の「みなかみへ」と題する一連一五九首の中の歌。九月の初めに利根川の源流を歩いてみようと思いたってからも、旅費調達の金策や雑誌の校正などがあり、実現できたのは十一月半ばであった。寒さの中、*大変な思いをした旅であった。牧水は利根川に沿って、凍《こお》った谷の道を歩いて行った。行きあう人といえば*杣人《そまびと》だけという奥深い山と谷。山から吹き下ろす向かい風に足をとられ、吹きあがる雪に緊張を強いられながらも歩きつ

＊寒さの中……「みなかみへ」（大正十年、アルス発行『静かなる旅をゆきつつ』所収）による。
＊杣人—きこり。

づけた。その時、ふいに空が晴れ、視界がひらけたかと思うと、そこは冬日《ふゆび》のさす野原。身ぶるいがでるほど新鮮な日光が支配する空間であった。立ちどまって耳をすませば、しんとして澄《す》みきった光の音がきこえた。

「耳をすませば日の光きこゆ」は共感覚的*表現といって、光の印象を視覚と聴覚であらわしたもの。たとえば芭蕉の「海暮れて鴨の声ほのかに白し」は、鴨の声が耳を通じて目に映っている。牧水は、日の光に身も心も洗われたに違いない。そのように浄化された耳に光が音となって響いたのである。牧水に自覚はなく、素朴な自然観照の結果として生まれた表現である。

大正十年刊行の第十三歌集『くろ土』、同十二年刊行の第十四歌集『山桜の歌』という二冊の歌集に入っている歌は大正七年以後の作で、牧水が憑《つ》かれたように各地を旅してまわりはじめてからの所産である。『山桜の歌』は、牧水が生前に刊行した歌集としては最後のもの。利根川の源流をたずねる旅は、掲出歌のように牧水の心に深い刻印を残すものであった。難儀を強いられて、ほろほろ涙を流すこともあったが、自然の中での陶酔を存分《ぞんぶん》に味わった旅であり、これからのち、亡くなるまでの十年間、牧水の旅心はおさまることがなかった。

＊共感覚―ひとつの感覚が他の異なる領域の感覚をひきおこす現象。

43

わがこころ澄《す》みゆく時に詠《よ》む歌か詠《よ》みゆくほどに澄《す》める心か

【出典】『くろ土』

私の心が澄んでいく時に歌が生まれるのか。それとも歌を詠んでいくうちに心が澄んでいくのか。

大正八年（一九一九）、牧水三十五歳の時の作。宗教をもたなかった牧水であったが、この歌を引用して、「＊まつたく歌に詠《よ》み入つてゐる瞬間は、普通の信者たちが神仏の前に合掌礼拝してゐる時と同じな、或《あるい》はそれ以上であらうと思ふ法悦を感じてゐる」と記す。旅の詩人といえば、＊西行《さいぎょう》、芭蕉、牧水の三人を思い浮かべるが、宗教的人生観に立脚《りっきゃく》した西行、古典に理想を見いだした芭蕉に比べ、牧水は特別な思想や観念をもつことなく自然に向きあ

＊まつたく歌に……──「歌と宗教」（大正十四年、改造社発行『樹木とその葉』所収）。

＊西行──平安後期の歌人。牧水が傾倒する歌人のひとりであった。

った人であった。牧水が自覚したのは「歌の道」を信じることであった。先の文章につづけて「おそらく私はこの歌の道を自分の信仰として一生進んでゆくであらうとおもふ。さうしていま自分の前に横たはつて居る歌の道はいよ〲寂しく、そしていよ〲杳《はる》かに続いてゐるのを感ずる」と表明している。

この「心澄みゆく」という境地や「歌の道」という意識は、瞑想《めいそう》とか精神集中といった宗教体験に通ずる。さらに言えば、このような境地を詠歌《えいか》の本体として理論化したのは、*藤原定家《ていか》であった。歌学の家に生まれて、歌道に従事すべく運命づけられた定家ほど、「歌とは何か」ということをひたすら考えた歌人もいなかった。

牧水は、定家のように自分で意図的に作り出した歌境の中で詠んだのではなく、西行のように自然に誘発される感情を詠嘆した。「澄みゆく」「詠みゆく」「詠み入る」「進んでゆく」という空間的もしくは精神的な旅の過程こそが、牧水の歌境というべきものであった。しかし、「心澄みゆく」というところまで意識を集中させるのは、けっして容易なことではなかったのであろう。だからこそ、歌の道が寂しく、遠くはるかであることを実感していたのである。

＊藤原定家―鎌倉初期の歌人。その歌論『毎月抄《まいげつしょう》』で、「詩は心を気高《けだか》く澄ますものにて候《さうらふ》」「歌にはまづ心をよく澄ますは一つの習《なら》ひにて侍るなり」「よくよく心を澄まして、その一境に入《い》りふしてこそ稀《まれ》に詠まるることは侍れ」と言い、意識が散乱している時は、十首くらい詠んでいくうちに、精神の働きが整ってくるとも言っている。

44

ゆく水のとまらぬこころ持つといへどをりをり濁《にご》る貧しさゆゑに

【出典】『くろ土』

流れる水のように清らかでとどまることのない、行雲流水の心をもっているつもりだが、ともすると濁ってよどんでしまう。この貧しい暮らしをしているせいで。

大正九年(一九二〇)十一月に詠《よ》まれた「貧窮《ひんきゅう》」と題する歌のひとつ。「牧水」という雅号《がごう》*を使うようになったのは、十九歳のときからであるが、これは当時最も愛していたものの名前をつなぎ合わせたものである。牧はマキ、つまり牧水の母親の名前であり、水はふるさと坪谷《つぼや》の渓《たに》や雨からきている。後年牧水は、「水はまったく*自然の間に流るゝ血管である」「ともすれば荒っぽくならうとする自然を、水は常に柔かくし美しくして居るのである」とも

*雅号―文人・書家・画家などが、本名以外につける風雅な名。ペンネーム。

*水はまったく……―「草鞋の話 旅の話」(大正十四年、改造社発行『樹木とその葉』所収)。

記している。牧水は水を愛し、その水の心で自身も生きていきたかったのであろう。自在かつしなやかに、そして、常に潤いを与えられるような存在になりたかったのであろう。

牧水一家は、大正九年八月に静岡県沼津《ぬまづ》町在《ざい》楊原村《やなぎはらむら》（現在の沼津市）に移った。牧水がそのまま晩年を過ごすことになる沼津は、海に臨《のぞ》み富士山を仰《あお》ぐ地で、気候もよいところであった。ここに移ってからも牧水はしきりに旅をしており、経済的には相変わらず困窮《こんきゅう》していた。家の中に一銭のお金もないことが何日もつづくことがあった。時として水の心が濁るのは、その金銭に執着せざるを得なくなったときであろう。

しかし、「東京の繁雑な生活」*と違い、静かな田園生活の中、病気がちだった三人の子どもの健康も回復し、家族は絆《きずな》を深めていった。長男旅人《たびと》は当時をふりかえり、牧水がいる限り家の中は限りなく明るかったと書いている。そして「何よりも母にとっては、*絶えず繰り出される無言の情愛の前に、前途をはかなみ現在を悲しむ瑣末《さまつ》なものの生まれる事が無かったのである」とも書いている。

＊東京の繁雑な生活──「木槿の花」（前掲『樹木とその葉』所収）。

＊何よりも母にとっては……──若山旅人「抽出《ひきだ》しの中のお金」（大岡信・佐佐木幸綱・若山旅人他『わたしへの旅──牧水・こころ・かたち』（平成六年、増進会出版社）所収）。

45

天《あま》つ日《ひ》にひかりかぎろひこまやかに羽根《はね》ふるはせて啼《な》く雲雀《ひばり》見ゆ

【出典】『山桜の歌』

日の光を受けて、ときには光り、ときには影のようにゆらめきながら、細かに羽根をふるわせて鳴いているひばりを見ている。

大正十年（一九二一）の「雲雀《ひばり》」と題する歌。後期牧水の特徴である観察眼の鋭さと、ひばりに寄せるまなざしのやさしさを感じさせる。かん高く澄《す》んだ鳴き声に空を見上げれば、ひばりが小さな羽を懸命にふるわせて飛んでいる。そんなひばりへのあこがれやいつくしみが、作者の悲哀《ひあい》に帰ってくる。

「天つ日」「かぎろひ」ということばは、古代語に由来する。「見ゆ」は「見る」に自発の「ゆ」がついたもので、『万葉集』に多く用いられている

【語釈】○天つ日―天の日。太陽。○かぎろふ―影になる。かげる。

語。対象に働きかけて、その姿や生命力をとらえようとするものであったり、対象に感情移入するものであったりと、自発的な心の働きをもつ。さらに、この歌の背後には、『万葉集』の*大伴家持《おおとものやかもち》の次の歌があった。

春の野に霞たなびきうら悲しこの夕かげにうぐひす鳴くも

うらうらに照れる春日《はるひ》にひばりあがり心悲しも一人し思へば

光の描写や心の表現において、家持の歌が牧水に与えた影響は大きい。家持のみならず、万葉歌の調《しら》べや表現は牧水の身体にしみついていたのではないかと思う。牧水は*東京に出てきてからの十年、何度となく繰り返し読み、側から離れることがなかった本として、まず『万葉集』をあげる。「*萬葉集、いにしへびとのかなしみに身も染まりつつ読む萬葉集」と、その思いは歌でも示され、『*わが愛誦歌』では万葉歌を中心に江戸時代までの代表的な歌人の歌が抄出されている。初心者を対象にした*短歌の作法書では、『万葉集』を第一の必読歌集として精読するよう説いている。

牧水の歌が新鮮なのは、「こまやかに羽根ふるはせて」と、光を宿したひばりがあたかも天のものであるかのように光と交感するさまをとらえ、自然の中の生命の秩序と調和の一端を発見しようとしたところにある。

*大伴家持―41脚注参照。

*東京に出てきてからの…―「萬葉短歌全集」（大正六年、天弦堂書房発行『和歌講話』所収）。

*萬葉集、いにしへ…―『みなかみ』所収の歌。ほかにも「人麿の歌をしみじみ読めるとき汗となり春の日は背《せな》をながるる」がある。

*わが愛誦歌―大正六年、東雲堂発行。

*短歌の作法書―大正十一年、春陽堂発行『短歌作法』。

46

海鳥《うみどり》の風にさからふ一《ひと》ならび一《いち》羽《は》くづれてみなくづれたり

【出典】『山桜の歌』

海からの風にさからって、海鳥が一列をなしてとまっている。風にあおられ、一羽がくずれたと思うと、バランスを失って全部がくずれてしまった。

大正十年（一九二一）の作で、「*静浦《しずうら》三首」という詞書がある。牧水が「海鳥」を詠《よ》みこんだ歌は、『別離』『みなかみ』『山桜の歌』に各一首、『黒松』*に五首ある。その中で、この歌に最も近い場面を詠んでいるのは、『黒松』に採録された「海辺雑詠《うみべのざつえい》」と題する歌群の中にある次の二首のいずれかだろう。伊豆西海岸の古宇《こう》という漁村に滞在した時の作である。

群《む》れて啼く入江の隈《くま》の海鳥の声澄みとほる朝涼《あさすず》の風に

【語釈】○海鳥―ユリカモメ、ウミネコなどの海洋で生活する鳥。

＊静浦―沼津市中部の地区。旧村名。

＊黒松―牧水没後の昭和十三年九月、改造社刊行。

ふと見れば翼《つばさ》つらねてはるかなる沖辺へまへる海鳥の群

海鳥は、入江に並んで浮かんでいるのであろうか。それとも、一列になって飛んでいるのであろうか。「海鳥の」の歌の場合は、岸壁に並んでいる姿ととらえたい。海の青に美しく映える白い一列。それぞれが踏んばり、互いを支えながら風に耐えて並ぶ。ところが、一羽がそのバランスをくずしてしまった。と思うと、緊張の糸が切れたかのように全部がくずれてしまった。

佐佐木幸綱が、「読後何とも言いようのない荒涼とした虚無感を味わされる絶品」と推奨《すいしょう》したことで有名になった歌である。瞬時にくずれる海鳥の姿は、おかしくもあり、また憐《あわ》れでもあるが、佐佐木が「緊張の崩壊」と言うように、その姿はすべてが無に帰していく移行の瞬間である。わずかなほころびが、整然とした秩序を無秩序へと変化させる。しかし歌人は、その変化の瞬間にこそ、美のはかなさや生きることの哀しさがあることを実感するのである。

沼津に移った牧水は、海浜の風景を眺めては多くの歌を詠んだ。やがてこの沼津を永住の地とするのであるが、一方で水上《みなかみ》を求める旅をつづけており、海と山との往復の中に自らの在り方を見いだしつづけていく。

＊読後何とも言いようのない……―佐佐木幸綱「歌は翼―若山牧水」(昭和五十四年、小沢書店発行『底より歌え』所収)。

47 うらうらと照れる光にけぶりあひて咲きしづもれる山ざくら花《ばな》

【出典】『山桜の歌』

うららかに照っている光を受け、桜の花々が互いにけぶりあっている。そのように満開に咲き、静まりかえっている山桜花よ。

大正十一年（一九二二）、伊豆湯ケ島温泉での作。牧水は歌を作りはじめた少年時代から山桜を好み、『海の声』をはじめとして、それまでにも数多くの歌を詠《よ》んできた。しかし、湯ケ島の山桜は牧水を特に感動させた。牧水は三月末から四月初めまで滞在し、心ゆくまで山桜を堪能《たんのう》し、その咲きはじめから散り残りまでを二十三首の歌にまとめた。これらは、後期牧水の自然詠の代表作であるだけでなく、桜に関する日本文学の代表作とも言われる。この

【語釈】○うらうら―日差しが明るく穏やかなさま。うららか。○けぶりあひて―互いにぼやけて、かすんで見えるさま。○山ざくら―牧水は「ほんたうの山桜、単弁の、雪の様に白くも見え、なかにかすかな紅ゐを含んだとも見ゆる、葉は花

一首は、満開の桜の静かで穏《おだ》やかなたたずまいを見事にとらえた歌だ。

初二句からは、再三引用した『万葉集』の大伴家持の歌、

うらうらに照れる春日《はるひ》にひばりあがり心悲しも一人し思へば

が思い起こされる。春の日差しの明るく柔らかい感触を伝え、山深く咲く桜の情景を演出するにふさわしいうたい出し。のどかな光を浴びた満開の花は互いの色彩を映しあう。輪郭はぼやけて薄くかすんで見える。桜の花々で奥山全体が白くかすんださまを、「けぶる」という典雅《てんが》なことばを用いて表現したのである。このような感覚的で穏やかな動きを感じる上句《かみのく》に対して、下《しも》句《く》は静的である。「しづもる」は「静もる」で、しんと静まりかえった状態。「咲きしづもれる」という表現は、山桜が満開を保ってそよとも揺れぬさまを示す牧水の造語《ぞうご》で、動を静へと空間的に定着する絵画的な効果がある。

牧水は「*私は山桜の花を好む。すべての花のうち、最もこれを愛する」と言い、また「*「自然」の心を、光を、身に帯びて安らかに歌ひ挙ぐるといふ境地にまで進み度《た》いのである」とも言っている。これは山桜への愛情と詠歌《えいか》の境地とが一体となった、まさに牧水短歌円熟の一首であると言ってよい。

よりも先に萌え出でて単紅色の滴るごとくに輝いてゐる」（大正十四年、改造社発行『樹木とその葉』所収「梅の花　桜の花」）と記している。

*私は山桜の花を……―「自歌自釈」その四（大正十三年）。

*「自然」の心を……―「自然そのものとその概念」（大正十一年、春陽堂発行『短歌作法』所収）。

48

茂りあふ松の葉かげにこもりたる日ざしは冬のむらさきにして

【出典】『黒松*』

松の葉が茂りあっているその葉陰《はかげ》に照り入り、こもっているように見える日ざし。その冬日《ふゆび》の日ざしはむらさき色に輝いている。

大正十三年（一九二四）、「沼津千本松原*」と題して詠《よ》まれた六十一首の連作の中のひとつ。うっそうとした森林のような松原といい、その松原の葉陰《はかげ》にこもった冬日の色といい、実に神秘的な世界である。沼津の千本松原は、駿河《するが》湾《わん》沿いに長さ二十キロ、幅半キロの広さを保って横たわる長大な松原。ここには黒松が植えられている。黒松は幹《みき》が直立し四十メートルに達することもある。牧*水の随筆によると、二抱えも三抱えもあるような黒松の古木が、寸

*黒松―第十五歌集『黒松』は、若山喜志子と大悟法利雄によって編集され、牧水の没後十年目にあたる昭和十三年九月に刊行された。歌集名は生前に決められていた。

*千本松原―駿河湾岸の海浜の名前。黒松の茂る砂丘が

分の絶え間もなく茂りあいつづきわたっていた。しかも、そのそびえ立つ黒松の下には、雑木林《ぞうきばやし》が繁茂しており、そこに入っていくと、浜の松原という感じはなく森林の中を歩くという感じであった。

そのような黒松の森に冬のやわらかい日が射しこみ、枝と枝の連なり、葉と葉の重なりの中を通りぬける。松の葉陰にこもって動かない光の色は、森閑《しんかん》として冬の淡い紫に輝いていた。それはまるで、教会に射しこむ光が、ステンドグラスを通りぬけ、聖堂がこの世ならぬ光に包まれるのと同じである。

歌集『黒松』には、この歌のほかにも、歌集名の由来になったとされる大正十五年の「黒松」三首、昭和二年元旦の十首、同じ年に詠まれた「老松」と題する七首など、折に触れて千本松原を詠んだ歌が収められている。牧水が移転先として沼津を選んだのもこの松原に惹《ひ》かれてのことであり、沼津に移ってからは、日に二度も三度も松原に分け入り木漏れ日《こもれび》を楽しんだ。

静岡県の千本松原伐採計画が明らかになったときには、伐採反対の意見を新聞に寄稿し、市民大会で熱弁をふるい、伐採計画を断念させている。松原に隣接した土地に無理をしてまで家を建て、ついにはそこで人生を終えたほどであった。

つづく。
＊牧水の随筆―「沼津千本松原」（増進会出版社『若山牧水全集』第十三巻所収）。

49

鮎《あゆ》焼きて母はおはしきゆめみての後《のち》もうしろでありありと見ゆ

【出典】『黒松』

夢の中で、母は鮎を焼いていらした。夢から覚めたのちも、母のうしろ姿がありありと見えることだ。

【語釈】○おはしき―「いた」の敬語で、いらっしゃった。○うしろで―うしろ姿。

「夢」と題する十首からなる連作のひとつで、大正十四年（一九二五）の作。作者の心の深いところにある母親への愛情があらわれた作品である。

夕餉《ゆうげ》のしたくにと母親が台所で魚を焼いている姿は、かつての日本では家庭の日常的な風景であった。食の欧米化が進んだ現在でも、そのような姿は、昔ながらの母親像としてイメージされる。「鮎焼きて母はおはしき」というたい出しは、牧水の個人的な経験でありながら、読者の記憶やイメージの中にあるなつかしい母親の姿を呼びおこす。

『黒松』に収められた昭和二年の作品に、「鮎つりの思ひ出」という連作がある。牧水の生家は渓流に臨《のぞ》んでおり川には鮎が多かったので、子どものころの牧水は、鮎を釣ってきてはそれを母親に焼いてもらっていたのである。「おはしき」ということばは、夢の中に出てきてくれたからこそ使える敬意の表現。常日ごろから母親のことが気にかかっていても、現実には会うこともままならない。感謝やいたわりの気持ちを、改めてことばで表すことも容易ではない。そんなとき、夢を見たのである。母親はいつものうしろ姿で鮎を焼いていた。夢の中でも、年老いた今でも、ふるさとのあの台所に立ち、日々の営みを変わらずつづけている姿に、作者は尊《とうと》いものを感じたのである。夢によって呼びおこされた記憶の像は、覚《さ》めてののちもありありと見える。牧水は自分の感情を確かめるようにうたった。

このとき、牧水は四十一歳、母マキは八十歳に近かった。前年の四月、牧水は十一年ぶりに帰郷して、ようやく母を沼津に連れて来たが、わずか一カ月の滞在ののち母は故郷へ帰ってしまった。郷里の家に住み、牧水が亡くなった一年あとの昭和四年に、そこで没した。

50

酒ほしさまぎらはすとて庭に出《い》でつ庭草《にはくさ》をぬくこの庭草を

【出典】『黒松』

酒欲しさをまぎらわそうとして、庭に出た。私は庭草をぬくのだ。今はこの庭草をぬくのだ。

牧水没後、机上《きじょう》にあった雑誌「創作」の裏に赤インクで書かれていた歌。庭から部屋に帰って、書きとめたのであろうか。尊い命と酒を引きかえにし、その酒を欲してやまない。気持ちをまぎらわそうと、家から離れて庭へと出ていくが、できることといえばただの草抜き。そして、心と体を草に集中させようと努力する。このような営みのすべてを歌に詠《よ》んでしまうという歌人の宿命までも含めて、すべてが実に痛々しい。

牧水の病名は急性腸胃炎兼肝臓硬変症（肥大性肝硬変《かんこうへん》）。*大正十四年の九州旅行では一日平均二升五合、五十一日間で約一石《こく》三斗《と》を飲んだと記す。ふだんでも一日一升までと決めた酒量をしばしば越えていた。病に伏してからも、*主治医の記録によると、亡くなる三日前に九〇〇ccの日本酒と一〇〇ccの葡萄酒《ぶどうしゅ》を飲んだ。二日前には合計一〇〇〇cc、前日にも*嗜眠《しみん》状態の中で合計一三〇〇ccの酒を飲む。そして昭和三年九月十七日の朝、一〇〇ccの日本酒を飲んだのち、末期《まつご》の水の代わりに酒で口を浸《ひた》されながら息を引きとった。しかし、アルコールに染みた遺体は、三日たっても死斑《しはん》も死臭もまったくなかったという。主治医は「千本浜ニ寄セテハ返ス波音ノ消エ行ク如《ごと》ク、静カニ安ラカニ、何等《なんら》ノ苦痛ノ御気色《みけしき》モナク、永眠セラレ給《たま》ヒキ」と記した。

『黒松』には、少し前に次の歌がみえる。

*妻が眼を盗みて飲める酒なれば惶《あわ》て飲み噎《む》せ鼻ゆこぼしつ

*足音を忍ばせて行けば台所にわが酒の罎《びん》は立ちて待ちをる

生涯を通じて酒は牧水の心を浄化し、牧水の歌は酒を磨いた。しかし、酒は牧水の身体をむしばんだ。誰よりも酒の心を知る牧水が酒に命を落とすことは、悲痛ではあるが、至福の最期であったのかもしれない。

*大正十四年の九州旅行―大正十四年「九州めぐりの追憶」（増進会出版社『若山牧水全集』第十二巻所収）。

*主治医―稲玉信吾《いなたましんご》「若山牧水先生ノ病況概要」（昭和三年十一月号「創作」、増進会出版社『若山牧水全集』第十三巻所収）。

*嗜眠状態―意識障害のひとつ。放っておくと眠ってしまい、刺激に対する反応も鈍くなかなか目覚めない状態。

*妻が眼を盗みて……―妻の眼を盗んで飲んでいる酒なので、見つからないようにとあわてて飲み、むせて鼻からこぼしてしまった。

*足音を忍ばせて……―足音を忍ばせて、こっそり台所に行くと、そこには私の酒のビンが立って待っている。

歌人略伝

本名、若山繁《しげる》。明治十八年（一八八五）八月二十四日〜昭和三年（一九二八）九月十七日。宮崎県東臼杵郡東郷村坪谷《ひがしうすきぐんとうごうむらつぼや》（現在の日向市《ひゅうがし》）に、医師である父若山立蔵《りゅうぞう》、母マキの長男として誕生。旅と酒と自然を愛した人であった。旅先の各地で詠《よ》んだ歌、酒を詠んだ歌が多くあり、自然主義文学としての短歌を追求した。人を愛し、情熱的な恋愛をした人でもあった。

明治三十二年、宮崎県立延岡《のべおか》中学校に入学、短歌と俳句を始めた。同三十六年、牧水《ぼくすい》と号した。同三十七年、早稲田大学高等予科に入学、北原白秋《きたはらはくしゅう》らと交友を結び、尾上柴舟《おのえさいしゅう》に師事した。同四十一年に自費出版した第一歌集『海の声』はほとんど売れなかったが、同四十三年に出版した第三歌集『別離』で歌人としての地位を確立。同年、雑誌「創作」を創刊。初期の歌風は、園田小枝子《そのださえこ》との困難な恋愛問題を背景に、青春期のあこがれや不安、哀愁をうたう浪漫的なものであった。同四十五年に太田喜志子《おおたきしこ》と結婚。同年の父親の病気と死による帰郷、経済的ゆきづまりなどによって、『死か芸術か』（大正元年）、『みなかみ』（同二年）にみられるように、心の内面を暗鬱に詠んだ重苦しい歌が多くなった。形式的にも、破調や読点《とうてん》の使用など破格形式の作品が増えたが、『秋風の歌』（同三年）以降は再び流麗な調べをとりもどした。『くろ土』（同十年）、『山桜の歌』（同十二年）などでは清澄で円熟した境地へとすすんでいった。昭和三年九月十七日、肝硬変《かんこうへん》により死去。享年四十四歳。沼津の千本《せんぼん》山《やま》乗運寺に埋葬された。法名は古松院仙誉牧水居士。没後十年目に『黒松』が刊行された。

略年譜

年号	西暦	年齢（数え年）	牧水の事跡	歴史事跡
明治　十八	一八八五	1	宮崎県東臼杵郡に誕生。	
三十六	一九〇三	19	中学の時、牧水の号を使う。	
三十七	一九〇四	20	早稲田大学高等予科入学。	日露戦争勃発。
四十	一九〇七	23	園田小枝子との交際始まる。	自然主義文学盛ん。
四十一	一九〇八	24	早稲田大学英文学科卒業。処女歌集『海の声』。	
四十三	一九一〇	26	第二歌集『独り歌へる』。第三歌集『別離』。「創作」創刊。	石川啄木『一握の砂』。
四十四	一九一一	27	小枝子との交際終わる。第四歌集『路上』。	
明治四十五～大正元	一九一二	28	太田喜志子と結婚。第五歌集『死か芸術か』。父死去。	明治天皇崩御。大正天皇即位。
大正　二	一九一三	29	長男旅人誕生。第六歌集『みなかみ』。	北原白秋『桐の花』。斎藤茂吉『赤光』。

三	一九一四	30	第七歌集『秋風の歌』。	第一次世界大戦勃発。
四	一九一五	31	神奈川県北下浦に転居。第八歌集『砂丘』。長女誕生。	芥川龍之介『羅生門』。
五	一九一六	32	第九歌集『朝の歌』。東京小石川に転居。	夏目漱石『明暗』。漱石没。
六	一九一七	33	妻と合著の第十歌集『白梅集』。	萩原朔太郎『月に吠える』。
七	一九一八	34	第十一歌集『さびしき樹木』。第十二歌集『渓谷集』。次女誕生。	
九	一九二〇	36	静岡県沼津へ移住。	国際連盟発足。
十	一九二一	37	第十三歌集『くろ土』。次男誕生。	ワシントン軍縮会議。志賀直哉『暗夜行路』。
十二	一九二三	39	第十四歌集『山桜の歌』。	関東大震災。
十三	一九二四	40	紀行文集『みなかみ紀行』。	
大正　十五～昭和元	一九二六	42	「詩歌時代」を創刊するが資金難で廃刊。	大正天皇崩御。昭和天皇即位。
昭和　三	一九二八	44	九月十七日、永眠。	

解説　「牧水の歌の調べについて」――見尾久美恵

牧水短歌の魅力

生涯に約八千七百首もの短歌を残し、多くの名歌が広く人々に口ずさまれている若山牧水は、国民的歌人と呼ぶにふさわしい人である。宮崎県の山村で医師の家に生まれ、跡を継《つ》がせたいと思っていた両親の意にそむき、文学を志して早稲田大学に入学した。東京に出た牧水は、失恋、離職、貧窮《ひんきゅう》、健康問題など、多くの苦しみをなめながらも、決してその純真さをなくすことなくうたいつづけ、その歌に流れる寂寥《せきりょう》と哀愁は、読者を惹《ひ》きつけてやまない魅力となっている。牧水は「旅の歌人」「酒の歌人」と称されるだけに、その特質は旅や酒の歌に顕著である。旅における自然との交感や酒による陶酔的な気分は、牧水の歌に広がりとつやを与えている。それらとともに、恋愛や家族への情愛、海へのあこがれ、山への回帰といったさまざまな風景が牧水の人生の糧《かて》となっており、また、それらが短歌の世界の基調となっていることは、個々の歌の鑑賞の中でも述べたとおりである。牧水短歌の本質に、このようなさまざまな要素があることに間違いはないが、歌の調べという観点からとらえることも、特に重要なことだと思う。

牧水の短歌を口ずさむとき、その調《しら》べの美しさを感じない人はいないであろう。ある時はよどみなく流れる川の水のように滑《なめ》らかな、またある時は空をただよう雲のようにゆったりとした調べが流れている。牧水は短歌の調べについてどのような考えをもち、その調べの美しさはどのようにして形づくられていったのであろうか。

牧水の朗詠と調べ

牧水が朗詠《ろうえい》にたけた歌人であったことはよく知られている。酒を飲み興に乗じてはうたい、ときには校正で朱筆を入れながら、自作の歌や人の詩歌をうたった。その朗詠については、大悟法利雄《だいごぼう》の『若山牧水新研究』（短歌新聞社）に詳しい。大悟法は、斎藤茂吉、中川一政《かずまさ》、吉井勇《いさむ》、尾上柴舟《さいしゅう》、太田水穂《みずほ》らの文章を引いて論述している。それによると、その澄《す》んだ歌声は、二十代にして聞く人々をことごとく魅了したという。牧水は天性の美声をもっていたのである。それも、底にしみじみとした哀愁が流れるものであった。太田水穂の文章には「牧水君はややもじもじしながら、しかし朗々と歌ひ出す。その声は渋味をもった太さ、雪解の水が沢を下るやうである」と書かれている。こうした声だけでなく、牧水の朗詠の一番大きな特色は、歌の調べを大切にして、それを生かすところの工夫と呼吸とにあった。それは、歌により詩によって自由に変化するものであり、同時に全体の調和を考えたものであった。

牧水は、朗詠するように歌を詠《よ》んでいたのではないかと思う。その調べの美しさは、数多くの詩歌を朗詠することで体得《たいとく》されたのではなかろうか。牧水は古典の中では、とくに『万葉集』を好み、短歌だけでなく長歌も朗詠していた。延岡中学のときから歌を作り、周囲の先生方からも注目され、文学で生きることを勧《すす》める先生もいた。これらのことを考えれば、宮崎の自然の中で朗々と高歌放吟《こうかほうぎん》する若山繁少年の姿を想像することも、あながち無理ではなさそうな気がしてくる。美しくも哀しい声で朗詠しては、日本の詩歌のもつ流麗な調べの秘密を体得していったのであり、それが規範《きはん》となって、実作にも生かされ、あの流れるように清澄《せいちょう》な調べをもつ歌が詠まれたのではないかと思う。鑑賞の中でもたびたび触れてきたが、牧水短歌の声調の特色として、五七調がしばしばみられること、句の中で切れたり破調が現れることがあっても決して調べは破綻《はたん》しないこと、母音や子音の響きが歌の内容と不可分の関係にあること、一首の中に繰り返しのことばが多くみられることなどがあげられる。歌の本質が声に出してうたうものであり、耳に訴える音楽的なものであったことを、牧水は改めて実践した歌人であったのである。もちろん牧水は、歌は書かれたもの、目で読むものという考えをおろそかにしていたわけではない。「青」と「あを」など、繰り返しのことばを使う場合にも、表記を変えるなど、漢字や仮名の使い分けに十分な配慮をはらっていることも見逃してはならないであろう。

「おのづからなる調べ」

牧水は、昭和二年の「短歌の鑑賞と作法」の中で、次のように述べている。

例へば万葉集の歌、祝詞《のりと》、聖書の詩篇、唐詩選、少し長いが方丈記、若《も》し外国語の出来る人ならそれ〴〵の国語によつて書かれた大きな詩人の詩、さういふものを未明の神前に祝詞を誦《ず》するやうな緊張した、敬虔な心で音読するのである。暗記してゐるならば瞑《めい》目端坐《もくたんざ》して読み上ぐるがよい。音読せよといふのは自分の声そのものが自然に自身に感興を呼ぶものであるからである。(万葉集は短歌より長歌の方がよいやうである、音読する上から短いのだと一首一首代るごとに心が動きがちでいけない。長いのを徐《おもむ》ろに読むのがよい、長歌にはまた素敵なのがある)

これは、初心者に向けて、作歌の際に感興を呼びおこす方策として述べられたものであるが、牧水がいかに古典を尊重していたかがうかがえる文章である。そうした古典を粛々《しゅくしゅく》と音読することによって、雑念がはらわれ、精神が集中し、意識が澄《す》んでいく。それとともに、詠歌《えいか》に対する集中力や想像力が養われていくのである。そして、ことばと調べについては次のように述べている。

「筋《すじ》」から生ずる感動を伝ふるとなると、それでは済まなくなる。其処《そこ》に起伏を生じて来ねばならぬ。それが即ち「調べ」である。幕末の大歌人香川景樹《かげき》はこの「調べ」を悉《ことごと》く敬重して、歌は「調べ」そのものである、とすら云つた。「歌は調ぶるものなり、ことわるものにあらず」といふのだ、ことわるは断る、即ち説明すべきでないの謂《い》ひである。

景樹《かげき》は牧水が傾倒《けいとう》した歌人の一人であるが、牧水の調べに対する態度は、その景樹の歌論《かろん》をふまえていることがわかる。つづけて牧水は、「真実の「調べ」はよく森厳によく荘重によく闊達《かったつ》によく微妙に、総じて「自然」から生じて来る「おのづからなる調べ」であらねばならぬ」と説く。「真実の「心の鼓動」「感覚の飛躍」」とも言う。自身の声を通して朗詠に興じるとともに、調べに対して敬虔《けいけん》かつ積極的に取り組もうとした姿勢は、歌を日常の説明的なことばから切り離そうという努力にほかならず、ひとつの言語表現の世界として確立しようとしたあらわれではなかったかと思われる。牧水の歌には、牧水がいかにすぐれた自然観察者であったかを感じさせる歌や、雨や風の中に立ちつくして眼前の景を眺め、景に同化しようとしているような歌がある。それらの歌は、自然を尊重し自然の妙を味わいながら詠む歌であり、身体の中からおのずとわき起こってくる調べを待って出てきた歌に相違ない。

旅や酒、恋愛といった具体的な事柄はもとより、海、渓流といった心の原点にいたるまで、牧水の短歌を語るにさまざまな風景がある。そういった風景とともに、調べという歌の内部構造そのものに牧水短歌の魅力がかくされていると言っても過言《かごん》ではないと思う。

種田山頭火《さんとうか》は、日記の中で繰り返し牧水に触れている。昭和十二年十月二十一日の日記には「晩酌一本、上機嫌になつて、牧水の幾山河を読む、面白い面白い」(『其中《ごちゅう》日記』)と記しており、声に出して読むことを楽しんだようである。太宰治の小説『津軽』では、「本州の袋小路」とつづった津軽半島の外ヶ浜という海岸の宿で、太宰の友人N君が牧水の歌を朗吟する場面がある。「いくうう、山河あ」と低く吟じるのを聞き、太宰は旅情を一層深くしている。このように、牧水の短歌は、死後もさまざまな形で吟じられたことがうかがえる。

北原白秋は、「君を憶《おも》ふと朗々たる君の吟声はいまなほ私たちのみみに新《あらた》なるをおぼえます」と弔詞《ちょうし》を述べ、牧水の死を惜しんだのであった。

読書案内

『若山牧水歌集』伊藤一彦編　岩波文庫　二〇〇四
牧水の短歌の中から、特に親しみやすい約千七百首が選ばれており、伊藤一彦による解説がつけられている。牧水短歌の世界に触れるには必携の一冊。

○

『新編　みなかみ紀行』若山牧水著　池内紀編　岩波文庫　二〇〇二
牧水は、旅先で歌を詠《よ》み、紀行文を書いた。長野県から群馬県にかけて山道を歩き、友と酒を交わし、旅をした。牧水の人柄がにじみ出て味わい深い紀行文集。

『若山牧水随筆集』若山牧水著　講談社文芸文庫　二〇〇〇
牧水は短歌だけでなく、多くの随筆を残した。その一つ一つに彼の人間性があふれている。また、短歌の背景を知る上でも貴重な資料である。本書は、短歌百二十首、紀行文「山旅の記」、「おもいでの記」「石川啄木の記」などを収録。

『若山牧水—伊豆・箱根紀行』（伊豆・箱根名作の旅1）若山牧水著　村山道宣・岡野弘彦編　木蓮社　二〇〇三
伊豆・箱根名作の旅シリーズの一冊。沼津に住み、海と山を愛した牧水の紀行文集。

○

『牧水の心を旅する』伊藤一彦著　角川学芸ブックス　二〇〇八

牧水没後八十年を記念して出版された一冊。旅に「あくがれ」、旅の中で人生を過ごした牧水の作品を解説し、人間牧水の魅力を作品を通じて明らかにしている。

『いざ行かむ、まだ見ぬ山へ　若山牧水の歌と人生』伊藤一彦著　鉱脈社　二〇一〇

牧水の短歌五百首を厳選し、旅・恋・妻と子・故郷・自然・酒・人生の七章にわけて鑑賞。新たな牧水像が浮かびあがる。

○

『ぼく、牧水！―歌人に学ぶ「まろび」の美学』伊藤一彦・堺雅人著　角川ONEテーマ21　二〇一〇

俳優堺雅人と恩師の歌人伊藤一彦が牧水の魅力を語りあった師弟対談書。二人の対談を通じて、牧水の生き方が現代を生きる我々に勇気と自信を与えてくれる。

○

牧水の作品は、著作権が消失しているため、インターネット上でも入手可能。

「J-TEXTS日本文学電子図書館」http://www.j-texts.com/第一歌集『海の声』から第十五歌集『黒松』まで、全歌集を掲載。

「青空文庫」http://www.aozora.gr.jp/『樹木とその葉』『みなかみ紀行』をはじめ、牧水の随筆を多数掲載。

【付録エッセイ】

牧水の短歌との出会い

『牧水の心を旅する』（角川学芸出版　平成二十年十月）

伊藤　一彦

牧水は明治二十九年に坪谷尋常小学校を卒業すると、延岡高等小学校に進んだ。延岡まで四十キロ離れているが、近くに高等小学校がなかったためである。延岡高等小学校の三年間の受持は日吉昇という、文章家で知られた先生だった。読方（国語）も作文も満点をもらったこの先生について、牧水は「一種の文学好きでこの人によつて私は作文の名人と称へられていい気になつてゐた」（「序」*）と書いている。書くことの喜びと充実感を知り始めた。現在で言えば小学校高学年の牧水の姿が想像できる。では、単に早熟な文学少年だったかというとそうではない。

この時期の牧水を知るためには、村井武の「若山！　繁ちゃん！」が貴重である。（「創作」昭和三年十二月「若山牧水追悼号」）。村井武は高等小学校以来の親友で、牧水のよく知られた随想「金比羅参り」で、牧水に学校をさぼって金比羅行きの「謀反」をたくらませた例の張本人である。後には東京の設計技師になり、沼津の牧水の家を設計した。

追悼特集号で亡き牧水に親しく語りかけたこの文章で、村井武は「君は唱歌がうまくつ

伊藤一彦（一九四三―）歌人。若山牧水記念文学館館長。「心の花」所属。「現代短歌・南の会」代表。

＊「序」―尾山篤二郎著『大正一万歌集』「序」のこと。

て、音楽がすきだつた」と書いている。またスポーツマンだった牧水についても次のように書いている。「君は学校の方も出来たが、走りつくらも速かつたね、アノ古川の前のポストを起点にして学校から帰るとよく廻りつくらといふのをやつたね、誰だつたらう鉢合せをやつて大きなコブをこさえたのは。兎に角運動好きだつたよ、お互に。それが遂に長浜の海岸で春先の寒い日に二人で誰もゐないのに大自慢で、海国の少年天下にただ君と我と、と云ふ意気で夕方までアノ波跳びと云ふやつをやつた結果になつたのだ」。他にも二人の小学生時代の冒険談を記している。村祭りに出かけて濁酒を飲んで酔った話も出てくる。この文からは、勉強も運動も好きで得意、といって優等生タイプではなく先生や下宿のおばさんの目をごまかして冒険をする牧水の姿がよく見えて面白い。

また、この頃の牧水が何を読んでいたかを示すエピソードとなる一節も紹介しておこう。牧水が高等小学校三年生の時である。「或る日、君は田舎から猪を送つて来たから御馳走するが来ないか、と云ふので行つた。脂のきつい、うまい肉をタラフク喰つたあげく、君は里見八犬伝の話をはじめた、お姫さまの腹から云々と、夜更けまでやつて、さてこれを読んで見んか、と帝国文庫（?）を二三冊ドシリと置いた事があるが覚えてゐるかね」。「里見八犬伝」はこの頃確かに博文館の「帝国文庫」として出版されている。そして、「里見八犬伝」は相当好きだったらしく、中学時代の日記に何度も登場している。

さて、短歌との出会いは、高等小学校を卒業して明治三十二年に延岡中学に入ってからである。この年の春に県北に初めて中学ができた。その点で牧水は幸運だった。その中学の山崎庚午太郎《かごたろう》校長が大きな影響を与えたのである。大阪から赴任した三十代半ばの短歌を愛する校長だった。山崎校長について牧水が述べた文章は幾つかある。それだけ重要な出会いだったと後々まで思っていたからであろう。「わが愛誦歌」「尾山篤二郎著『大正一万歌集』序」「姉の読む物語から」などであるが、最も詳しい「わが愛誦歌」から引いてみよう。

私が歌といふものに初めて接したのは郷里日向延岡町の中学校三年生になつた十六七歳の頃であつた。その頃学校から出てゐた校友会雑誌の編輯をしてゐたことなどから、時の校長ともよく逢つた。校長は山崎庚午太郎といふまだ三十四五歳の人であつたが、余程文芸特に歌に趣味を持つてゐて、その雑誌には初めから西行伝のやうなものを書いてゐた。自身でも歌を作つて、同じくそれに発表してゐた。前から小説などの好きであつた私はその歌や西行伝を読んで、自分でも読んだり作つたりしたくなつてその事を校長に申し出た。すると、それでは今のお前には西行はむつかしいから先づこれを読めと云つて貸して呉れたのが景樹の『桂園一枝』であつた。夢中になつて二三度繰返した後で、また貸して貰つたのが西行の『山家集』であつた。よくは解らぬながらに耽読して、後には暗記してゐた。

この文によれば、「前から小説などの好き」な牧水が山崎校長によって初めて短歌と出会うことになった。山崎校長が「余程文芸特に歌に趣味を持つてゐ」たことは、中学の「校友会雑誌」を見れば一目瞭然である。明治三十四年二月に発刊された第一号には山崎校長は「発刊の辞」を含めて何と六篇の文章を書いている。そして、その中の二篇は「西行法師」

と「香川景樹」で、特に後者は六ページに及ぶ。景樹は言うまでもなく江戸後期の歌人で、その流れをくむ桂園派は大きな流派となり、明治に入って御歌所が設けられると主流の位置を占めた。山崎校長は景樹を高く評価し、「雄渾の歌我れ萬葉集に於いて見たり優麗の詞我れ古今集に於て味へり然れどもその平易新調のものに至りては我れ是れを景樹以前に見たることなし」と書いている。特に「平易新調」を強調しているあたりは、もしかすると短歌との初めの出会いだけに後々まで牧水にいくらか影響を与えたかもしれない。そして、山崎校長は文章の終りのところで「ここに於て彼（香川景樹・伊藤注）が心を寄せる斯道の革新も再び暗澹たる濛雲の中に葬られ了りぬ時進み世改まりて今や歌道もまた早晩一種の革新を要すべき趨勢を呈せり余輩は彼れの遺志を継ぐべき第二革新家の出でむことを切に望む」と書いている。つまり、この景樹論は「革新」歌人の誕生を願って書かれたものであり、延岡中学校の生徒への熱いメッセージだったのである。

山崎校長は文学好きの生徒には声も直接かけたに違いない。そんな生徒の中の一人が牧水だった。ただ、山崎校長は牧水の文学的成長を見ることなく、「校友会雑誌」創刊号の発刊からわずか二か月後には急逝した。山崎校長が元気に生きていたら歌人牧水の活躍をどれほど喜んだであろうか。明治四十年代の「平易新調」の歌を石川啄木とともに切り開いた牧水の活躍を。

牧水が山崎校長のことを生涯にわたって深く記憶していたことは、たとえば大正十五年の「北海道行脚日記」によっても知ることができる。この年の秋に岩見沢中学校で講演した際、その学校の校長が山崎校長と同じ中学校出身と聞きなつかしい思いをしたとわざわざ記している。

その延岡中学の「校友会雑誌」に牧水の初めての短歌三首が「二年　若山繁」として出ている。他に三名の二年生が一首もしくは二首を出している。つまり、牧水だけが三首である。

早春懐梅
梅の花今や咲くらん我庵の柴の戸あたり鶯の鳴く
奢美をいましむ
身に纏ふ綾や錦はちりひぢや蓮の葉の上の露も玉かな
陰徳家
かくれたる徳を行ひ顕れぬ人は深山の桜なりけり

題を付けて歌っているが、他の二年生も「折にふれて」「友どち」など各々題を付けて歌っている。牧水もみずから題を付け歌ったと思われる。

一首目の「早春懐梅」の作は雑誌の発行が二月であり、制作時期から考えて季節の花を歌ったのだろうか。梅と鶯の取り合せは古典和歌では定番であり、定番に従って歌っていると言っていい。牧水が山崎校長に勧められて読んだ『桂園一枝』にも鶯の歌は数えてみると十首以上ある。「今や咲くらん」も古典和歌において繰り返し用いられてきた表現である。また、牧水はこの頃中学校の寄宿舎にいたが、「我庵の柴の戸あたり」と歌っている。今日から見れば笑ってしまうのだが、牧水としては古典和歌を勉強してこのように気取って歌うのが当然と思ったのであろう。

じつは牧水は梅の花が嫌いだった。牧水自身が書いている。「私の歌の出来た時」という自歌自釈の中の「梅の花」と題した文章で、「私は、左様、この二十四五歳になるまでこの花が嫌ひであつた。いやに白茶けたやうな、而かもいつまで経つても散らうとしないその花も、いやにゴツゴツした幹も、みな気に入らなかつた。ことに雪霜をしのいで咲くといふ様なことで昔から讃め上げられてあるのに対してすら何やら反感を持つてゐた」と書いている(『和歌講話』)。そして、「好かざりし梅の白きを好きそめぬわが二十五の春のさびしさ」の自作を引いて、この年齢の頃に梅の花をようやく好きになり「私の作中に梅の表れた最初であつたらう」と書いている。中学二年の時の自己の「処女作」の一首は記憶になかったのだろうか。いずれにしても、「処女作」の梅の花はただの題にすぎなかったのであり、実感を深くこめて歌った花ではなかった。古典和歌を精いっぱい勉強して歌った作だった。

二首目、三首目は、奢美をいましめたり徳を隠れて行うことを讃えたりしている。後の牧水の貧乏を厭わぬ生活や友情に厚い行動がすでにこれらの歌に出ていると読めないこともない。その意味で題の「奢美をいましむ」「陰徳家」には注目してもいいが、作品としては格別のものではない。「蓮の葉の上の露」も「深山の桜」も見やすい比喩である。もっとも、山崎校長には三首目などことに誉められたと牧水は書いている。

右に取りあげた延岡中学の「校友会雑誌」第一号は、牧水が所持していたものが東郷町の「若山牧水記念文学館」に保存されている。その雑誌の最後のページに「好笑庵　若山秋空」

と署名している。「我庵」の名は「好笑庵」だったのだ。先に引いた村井武の「若山！　繁ちゃん！」を思い出してほしい。牧水は快活でユーモア好きの少年だったのである。そのことは、明治三十五年などの日記の文章にも明らかである（明治三十四年以前の日記は見つかっていない）。そして、「秋空」という号を書いている。いかにも明るいではないか。ついでに言うと、「若山秋空」の署名の上に「若山」の印を、署名の下の方には「秋空」の印を押している。二つも印を押すなど念が入っているが、「若山」の印は斜めになっていて軽く押した感じであるのに対し、「秋空」の印はしっかり押してある。この「秋空」の号は牧水の最も古い号の一つである。

（以下略）

見尾久美恵（みお・くみえ）
＊1960年岡山県生。
＊ノートルダム清心女子大学大学院博士後期課程修了。
博士（文学）。
＊現在 川崎医療短期大学講師。
＊主要論文
「藤原定家の和歌における対句的発想とその表現―「しもまよふ」の歌の場合―」（『和漢比較文学』第25号、2000年8月）
「建仁元年「院句題五十首」寄物恋題歌の全釈」（『ノートルダム清心女子大学紀要』日本語・日本文学編、第26巻第1号、2002年3月）

若《わか》山《やま》牧《ぼく》水《すい》　コレクション日本歌人選　038

2011年11月30日　初版第1刷発行
2013年5月30日　再版第1刷発行
2018年10月5日　再版第2刷発行

著　者　見尾久美恵
監　修　和歌文学会

装　幀　芦澤　泰偉
発行者　池田　圭子
発行所　有限会社　笠間書院
東京都千代田区神田猿楽町2-2-3［〒101-0064］
NDC分類 911.08　電話　03-3295-1331　FAX 03-3294-0996

ISBN978-4-305-70638-6 印刷／製本：シナノ
乱丁・落丁本はお取り替えいたします。　（本文用紙：中性紙使用）
出版目録は上記住所または info@kasamashoin.co.jp まで。

コレクション日本歌人選　第Ⅰ期〜第Ⅲ期　全60冊完結！

第Ⅰ期　20冊　2011年（平23）2月配本開始

1	柿本人麻呂	かきのもとのひとまろ	高松寿夫
2	山上憶良	やまのうえのおくら	辰巳正明
3	小野小町	おののこまち	大塚英子
4	在原業平	ありわらのなりひら	中野方子
5	紀貫之	きのつらゆき	田中登
6	和泉式部	いずみしきぶ	高木和子
7	清少納言	せいしようなごん	圷美奈子
8	源氏物語の和歌	げんじものがたりのわか	高野晴代
9	相模	さがみ	武田早苗
10	式子内親王	しよくしないしんのう（しきしないしんのう）	平井啓子
11	藤原定家	ふじわらていか（さだいえ）	村尾誠一
12	伏見院	ふしみいん	阿尾あすか
13	兼好法師	けんこうほうし	丸山陽子
14	戦国武将の歌		綿抜豊昭
15	良寛	りようかん	佐々木隆
16	香川景樹	かがわかげき	岡本聡
17	北原白秋	きたはらはくしゆう	國生雅子
18	斎藤茂吉	さいとうもきち	小倉真理子
19	塚本邦雄	つかもとくにお	島内景二
20	辞世の歌		松村雄二

第Ⅱ期　20冊　2011年（平23）10月配本開始

21	額田王と初期万葉歌人	ぬかたのおおきみ しよきまんようかじん	梶川信行
22	東歌・防人歌	あずまうた さきもりうた	近藤信義
23	伊勢	いせ	中島輝賢
24	忠岑と躬恒	みぶのただみね おおしこうちのみつね	青木太朗
25	今様	いまよう	植木朝子
26	飛鳥井雅経と藤原秀能	まさつね ひでよし	稲葉美樹
27	藤原良経	ふじわらのよしつね（りようけい）	小山順子
28	後鳥羽院	ごとばいん	吉野朋美
29	二条為氏と為世	にじようためうじ ためよ	日比野浩信
30	永福門院	えいふくもんいん（ようふくもんいん）	小林守
31	頓阿	とんな（とんあ）	小林大輔
32	松永貞徳と烏丸光広	ていとく みつひろ	高梨素子
33	細川幽斎	ほそかわゆうさい	加藤弓枝
34	芭蕉	ばしよう	伊藤善隆
35	石川啄木	いしかわたくぼく	河野有時
36	正岡子規	まさおかしき	矢羽勝幸
37	漱石の俳句・漢詩		神山睦美
38	若山牧水	わかやまぼくすい	見尾久美恵
39	与謝野晶子	よさのあきこ	入江春行
40	寺山修司	てらやましゆうじ	葉名尻竜一

第Ⅲ期　20冊　2012年（平24）6月配本開始

41	大伴旅人	おおとものたびと	中嶋真也
42	大伴家持	おおとものやかもち	小野寛
43	菅原道真	すがわらのみちざね	佐藤信一
44	紫式部	むらさきしきぶ	植田恭代
45	能因	のういん	高重久美
46	源俊頼	みなもとのとしより（しゆんらい）	高野瀬恵子
47	源平の武将歌人		上宇都ゆりほ
48	西行	さいぎよう	橋本美香
49	鴨長明と寂蓮	ちようめい じやくれん	小林一彦
50	俊成卿女と宮内卿	しゆんぜいきようじよ くないきよう	近藤香
51	源実朝	みなもとのさねとも	三木麻子
52	藤原為家	ふじわらためいえ	佐藤恒雄
53	京極為兼	きようごくためかね	石澤一志
54	正徹と心敬	しようてつ しんけい	伊藤伸江
55	三条西実隆	さんじようにし さねたか	豊田恵子
56	おもろさうし		島村幸一
57	木下長嘯子	きのした ちようしようし	大内瑞恵
58	本居宣長	もとおりのりなが	山下久夫
59	僧侶の歌	そうりよのうた	小池一行
60	アイヌ神謡ユーカラ		篠原昌彦

『コレクション日本歌人選』編集委員（和歌文学会）
松村雄二（代表）・田中　登・稲田利徳・小池一行・長崎　健